公元 787 年，唐封疆大吏马总集诸子精华，编著成《意林》一书 6 卷，流传至今

意林：始于公元 787 年，距今 1200 余年

U0949947

意林®

一则故事　改变一生

告白的年华诗
系列 002

记得绿罗裙

淡蓝蓝蓝 著
DANLANLANLAN ZHU

北方妇女儿童出版社
·长春·

图书在版编目（CIP）数据

记得绿罗裙 / 淡蓝蓝蓝著. -- 长春 : 北方妇女儿童出版社, 2020.9

（告白的年华诗系列）

ISBN 978-7-5585-3643-4

Ⅰ. ①记… Ⅱ. ①淡… Ⅲ. ①长篇小说－中国－当代 Ⅳ. ①I247.5

中国版本图书馆CIP数据核字(2020)第181433号

记得绿罗裙
JIDE LÜLUOQUN

出 版 人	刘　刚
总 策 划	阿　朱
特约策划	师晓晖
执行策划	靳　丽
责任编辑	吴　强　王　婷　孟健伊
图书统筹	绿　茶
特约编辑	靳　丽
绘　　图	高梦雪
书籍装帧	胡静梅
美术编辑	刘　静
作家经纪部	卢晓凤
开　　本	880mm × 1230mm　1/32
字　　数	300千字
印　　张	7.5
版　　次	2020年9月第1版
印　　次	2020年9月第1次印刷
印　　刷	三河宏图印务有限公司
出　　版	北方妇女儿童出版社
发　　行	北方妇女儿童出版社
地　　址	长春市龙腾国际出版大厦
电　　话	总编办：0431-81629600 发行科：0431-81629633
定　　价	39.00元

如发现印装质量问题，请与印务部联系退换，电话：010-51908584

记得绿罗裙，处处怜芳草。

——唐·牛希济《生查子·春山烟欲收》

Contents

目录

Contents
目 录

楔 子

下了一天的雨在黄昏时分终于停了，厚厚的云层渐渐散去，甚至有一抹极淡的日光穿透了云朵。古旧的青砖楼被雨水冲刷过后，露出了深深浅浅的黛色，在淡金色的夕照中，衬着香樟树的苍翠，好看极了。

姜湛蹲在楼道口，守着一排锈迹斑驳的邮箱。他脸上一片平静，不时向远处张望的眼神却泄露了他的心事，他在等人。

不远处传来小狗的轻吠声，伴着女人冷厉又极力压低的声音。

“你自己想想为什么这次考试倒退了一名，还不是因为功夫不到家！语文字词是基础，你连基础都打不好，怎么得高分？以后每天早起半个小时，把学过的字词默写两遍。”

好严苛的妈妈啊！

姜湛不由得抬头望去，见巷子的一头有一对母女快步走了过来。妈妈穿着一身宝蓝色的职业装，手里拎着两个包装袋；女孩和自己差不多大的年纪，穿着一条浅草绿色的纱裙，背着一把木色的尤克里里，梳着一个马尾辫，板着一张小脸，嘴巴微微噘起，快速挪动着小短腿，极力跟上妈妈的步伐。她每走一步，就有黄昏的光从抖动的裙摆间倾泻出来，像个小仙子。

“明天的生日会要好好表现，把我给你写的那一段英文致辞练熟一点儿。还有啊，吃东西的时候要注意别把新裙子弄脏，一条裙子抵得上你爸半个月的薪水，回头妈妈要拿去退的。”

女人依旧在唠叨着，高跟鞋踩过雨后的青石板，留下干净利落的声响。

小女孩却突然注意到姜湛的存在，她微微歪着头，看了一眼姜湛。姜湛淡淡地看了她一眼，他看见她的眼睛里蓄着清澈的湖泊，仿佛快要决堤。那样子像极了他的妹妹姜沁，姜沁受委屈的时候总想要努力地忍住眼泪。姜湛的心忽然软了一下。他想也没想，做了一个鬼脸，眼睛向上翻，舌头斜斜地伸出嘴角，看上去滑稽极了，就像从前他逗姜沁开心一样。果然，那个小女孩慢慢地翘起了嘴角。

巷子另一头响起熟悉的自行车铃声，姜湛猛地站起身，他等的人来了。

“叔叔，有我的信吗？”

邮递员似乎见惯他如此期盼的神色，不忍心见他失望，耐心地回复：“今天还没有，再等等吧，从东北到江城，是要很久的。”

小女孩听见“东北”二字，回头张望，她想和他说些什么。

“程意萝，你能不能走快点？这一班轮渡快开了。”

小女孩脚步还未停下，就被妈妈呵斥着离开了。

暮色沉沉，巷子里的人影渐渐远去。姜湛依旧站在那里，他左手戴着一只厚厚的黑手套，在六月渐起的暑热里显得有些怪异。

再等等吧。他心里重复着邮递员的话。再等等，姜沁的信就该到了。

头顶的窗口传来外婆的声音：“阿湛，菜烧好了，回家吃饭啦。”

外婆的声音苍老而温柔，像暮色里轻轻荡过的风。

姜湛轻轻地叹了口气，也温柔地回应：“好的，外婆。”

这是姜湛的十一岁，他和妹妹姜沁分离已经一年有余。不远处的江面上，有渡轮经过，汽笛声悠远绵长，却又像是有人在呜咽，不辨悲喜。

Di-yi Zhang

第一章

失踪的“意萝2号”

每个人的心里，都会住进隐藏的自我。

她有时令你如芒在背，与全世界为敌；她有时又令你怯懦卑微，自惭形秽。

其实，这何尝不是一件幸运的事？你能因此与自己对话，你能因此清晰地望见自己的荣耀与狭隘。

请照顾好内心的自己，让她成为你心里闪闪发光的小星球。

1

姜　沁：

又是一个春天了。

而春天再也不能令我愉悦。人人赞叹花事繁华，大概只有我吧，在芬芳中能早早嗅到腐败的气息。只是，我也越来越麻木，不会因此伤怀。因为有人说，感官迟钝一些，便不容易感受到孤独。

我宁愿把自己包裹起来，像一个茧。

——来自“姜湛日记”

程意萝一直觉得三月是江城最好的季节，不冷也不热，植被苍翠，随处都有花开。只有到了三月，她才会淡化这一整个冬天对东北暖气的怀念。

“我们东北啊，冬天的时候在屋子里是可以穿半袖的……”

“我们东北啊，冬天的时候在屋子里是可以吃冰淇淋的……”

每每她那样说的时候，骆珞总会高傲地打断她：“程意萝，东北那么好，你还回江城干什么？”

骆珞总是会无情地打击她除了学习成绩以外的任何优越感。

可是，自从升入高中，因为学习成绩带来的优越感也岌岌可危。年级第二名，是她努力了半年也没有摘掉的帽子。隔壁班的裴子柚始终稳居第一名的位置，而且据说这个男生学习并不是太卖力，仿佛轻轻松松就可以跑在众人前面。

开学之前，程妈妈很正式地和女儿谈了谈，下达了新学期的任务和目标，那就是拿下年级第一名。

所以，即便窗外那棵樱树已经蓄满了淡粉色的蓓蕾，程意萝也轻松不起来。她面上依旧云淡风轻，心里却觉得压力大增。

课间十分钟，大多数人都趁着春光正好去户外活动，程意萝捂着肚子对骆珞摇摇头：“我不出去了，我肚子疼。”

骆珞撇撇嘴，看破不说破，作为和程意萝认识了十六年的老朋友，她太了解程意萝了。她太清楚程意萝是怎样稳居学霸宝座的，但凡能用来学习的时间，程意萝是绝对不会去做其他事的，就好像程意萝的人生除了学习再没有其他爱好。所以，课间十分钟，程意萝是不舍得去教室外放松的，她要把宝贵的十分钟用来做数学题！

骆珞“嗯哼”一声，独自向教室外面走，还不忘把校服的拉链向下拉了拉，整理了一下白色公主衫缀着碎钻和蕾丝的领口，新买的小皇冠项链恰到好处地露出来。

春光正好。女生们的户外活动无外乎踢踢毽子、打打羽毛球，或者三五成群地凑在一起聊聊天。骆珞独自站在一棵满树蓓蕾的樱树下，望着不远处正围成一圈踢毽子的同班女生们，不屑地皱皱眉。

有花瓣随着风轻轻落下来，覆在她的肩头。

除了程意萝，骆珞在学校里其实没什么朋友。

骆珞貌似漫不经心地望向更远处的篮球场，日光下，男生们欢腾着，一只斑驳的旧篮球在半空中被抛来抛去。她半眯着眼睛，视线落在裴子柚的身上，嘴角微微翘起来。人群中的焦点，总是一眼就能让人望见。

她喜欢一切闪闪发光的饰品，也喜欢能在人群中闪闪发光的人，比如程意萝，比如裴子柚，像星星一样明亮耀眼。

2

蓝色墨水划过白色的纸，快速流畅，不带一丝停顿。握着笔的食指第一小节处有一颗极小的红色小痣，被日光照着，晶莹剔透，像一颗小小的宝石。程意萝心无旁骛地做着一道数学题。

直到雪白的窗帘被风扬起，调皮地落在她头上，她手里的笔停顿了一下，蓝墨水在纸上留下的痕迹淡淡地洇开。随即，窗外不远处传来男生们热闹的欢呼声。

程意萝这才抬起头，向声音的来处望了望。篮球场上，有人投进了三分球。穿蓝白校服的男生淡定地和同伴击着掌。

裴子柚。程意萝心里默默念了念这个名字，他还真是耀眼，不管是在考场还是在篮球场，没有他做不好的事。程意萝咬咬嘴唇，突然有些泄气。她迟疑着，把手伸向课桌最深处，掏出一个浅草绿色封面的日记本。

程意萝从小就有写日记的习惯。当然，初时是因为程妈妈的硬性规定，及至上了初中，程妈妈觉得应该把时间全都分配给主科，倒是不再检查她的日记。她自己反而习惯了，依旧会写，哪怕只是三行两行。

写着写着，她发现日记本里住进了另一个自己，是和爱学习的程意萝完全不同的一个女孩。那个女孩，爱做梦，爱吐槽，敢于质疑妈妈的“圣旨”，有困惑，也有坚定的理想，甚至还有一点点坏脾气。

程意萝给日记里的自己起了个名字——“意萝2号”。

突然，程意萝的同桌陈柘慢悠悠地从教室外面走进来。程意萝不动声色地把日记本又放进了课桌的最深处。

“程意萝，我们要说再见啦。”

陈柘说着开始收拾自己的书包，语气里倒也有些不舍。

程意萝挑挑眉，她虽然太过专注于学习，但是和同学之间的关系并不差，或许是因为个性随和，不像骆珞那样高傲。

“老杨要把姜湛换到你旁边来，你以后要留意一些哦，姜湛的性格你懂的……”陈柘凑近程意萝，低低地说了一声。

老杨是他们的班主任，老杨其实不老，只是下巴上总有刮不净的络腮胡，看上去略显沧桑。

程意萝怔了怔。

姜湛？她回头向教室后面看了一眼，有些游移不定地寻找着姜湛的位置，最后视线落在靠着墙打盹儿的男生身上。

作为成绩好又乖巧的学生，程意萝身边的同桌一直如流水一般调换着，老杨习惯把那些上课爱说话的“捣蛋鬼”安排到她旁边，因为她从来不是一个合格的聊天对象。相反，她有时太过教条与公正，常常会向老师揭发同桌的违纪行为。

可是姜湛？他可不是普通的“捣蛋鬼”，他是一个“怪人”。

陈柘把书包往肩上一甩，怀里抱着几本书，又促狭地笑了一下，低低说道：“不过，你和姜湛倒是挺合拍的，一个是‘圣斗士’少女，一个是‘僵尸手’少年，势均力敌。”

程意萝没想到陈柘会给自己这样一句临别赠言，脸色一下子沉了下去。

3

姜湛如果不是因为他的“僵尸手”，可能存在感不会太强。他的左手终年戴着一只黑皮手套，据说，那是一只僵硬的不会伸展的手。曾经有男生好奇去扯他的手套，看见他的手背覆满红色的疤痕，狰狞吓人。而冒失的结果就是他被姜湛教训了一顿，有人看见姜湛红着眼，一副要和对方拼命的架势。从此，再没有人敢去碰他的黑手套，而他的性格也越发像石头一样冷硬。

班里的劳动从来不分配给姜湛，当然，体育赛事也和姜湛没有半点儿关系。没有人真的歧视他，但是包括老师在内，都自觉地将他当成“残疾人”来照顾。

而过多的关注与照顾，反而令他越来越不合群。

大多时候，姜湛蜷缩在自己的“小岛”上。在高一（6）班，每个人都有一座属于自己的“小岛”，用习题册和测试卷围起来的“小岛”。没人知道他在做什么，反正，他安静一点儿总好过在课堂上扰乱纪律。

所以，程意萝对姜湛的印象几乎为零，除了他那只神秘的左手，她对他几乎一无所知。

陈柘带来的这个消息，到底还是让程意萝心惊了一下，她的第一反应是这个古怪的新同桌说不定会影响自己学习。

程意萝艰难地消化这个消息的时候，骆珞突然一反平日的优雅做派，风风火火地跑进教室，一把抓住程意萝的胳膊：“意萝意萝，你猜我刚才看见谁了？”

骆珞连声调都提高了三分，一点儿都不像平日里讲话温温柔柔的她。

“姜湛的妈妈！”

骆珞索性在程意萝旁边坐下来，神秘地说：“你知道是谁陪着姜湛妈妈吗？”

程意萝张张嘴，没说话，心里默数着：一、二……

果然，不用数到三，骆珞就迫不及待地继续说道：“是张主任！”她推推程意萝，“你傻啊，是管教学的张主任！两个人有说有笑的，看起来关系很熟络。然后，我就去年组办公室那边探听了一下消息，听说他妈妈是我们学校新聘请的校外辅导员，然后，他妈妈要求老杨给姜湛调座位……你知道老杨要把姜湛调到谁旁边吗？”

程意萝心里继续数着：一、二……

第一章
失踪的“意萝2号”

“你啊！姜湛要成为你的新同桌了！惨了，惨了！你可惨了！”骆珞一副天塌了的表情。

“要不然，你让你妈也来找老杨？你的成绩可千万不能被他影响，你可是我朋友里学习成绩最好的！”

程意萝看起来毫无反应。骆珞突然就有点儿不高兴了，骆珞对朋友是绝对热情，可是，她最受不了对方不拿出同等的热情来回应自己。

“程意萝！”骆珞的声音忽然冷了几分。

看吧，看吧，她又要耍公主脾气了。“意萝2号”突然从心里跳出来，小声地说着。

程意萝转过头看着骆珞，眯起眼睛，嘴角咧到“标准”的位置，说道：“放心吧，我是不会被那个‘僵尸手’影响的，我会把他当空气……”

大概是受了陈柘的影响，程意萝不经大脑就说出了“僵尸手”三个字。然后，她看着突然出现在面前的姜湛，尴尬得红了脸。

他应该听见了吧？

骆珞站起身，斜睨了一眼姜湛，想说什么，但是上课铃响了起来。少年们欢呼着涌进来，伴着春天温暖又蓬勃的气息。她跺跺脚，冷哼一声，转身回到了自己的座位。

姜湛一声不响地在空位置上坐下来，随意把书包甩进桌洞里。

程意萝默默地深呼吸了一下，余光里能看见他那只戴着黑色手套的左手。她想着要不要道个歉，又不知如何开口。英语老师已经走进了教室，所有人端正地坐好，她微微转头，看见新同桌趴在桌前，安静地闭着眼睛。

仿佛全世界都和他无关。

4

第二节课下课，姜湛仍在睡。

程意萝犹豫着，没有惊扰他，把后面的课桌移了移，勉强挤了出去上课间操。

第三节课下课，姜湛还在睡。

第四节课是老杨的语文课。风再次掀起窗帘，有影子在沉睡少年的脸上跳跃。程意萝分了分神，空气中仿佛有一种甜香，淡淡的，很好闻。她循着那味道，微微偏过头，凑近了姜湛。

天哪！一个身上带着淡淡花香的男生！果然是个“怪人”。

程意萝暗自咋舌，她不经意地扫了一眼姜湛的脸。嗯……这个男生其实长得蛮清秀的，大概是不太参与户外运动的原因，他的皮肤比其他男生要白一些，他的眉头藏着一颗小小的痣。程意萝有些讶异，那竟然是一颗红色小痣，和自己食指上的那一颗很像呢！

偏偏在那个时候，姜湛突然睁开了眼睛。四目相对，程意萝惊慌地移开视线，而仓皇之间，却又看见他冷漠的脸上浮现出一丝嘲讽的表情。

程意萝，你疯了吧！你为什么要看他？你不是说要把他当空气的吗？啧啧，他会怎么想……“意萝2号”在心里尖锐地叫嚣着。

程意萝懊恼地把手里的语文书掷到桌上，力气有点儿大。

“程意萝。”讲台上的老杨突然停下来，“你有什么问题吗？”

空气仿佛瞬间静止，所有人都看了过来。

程意萝缓缓地站起来，讪讪地回答道：“没……没有。”

脸像是被日光晒得要燃烧起来一样。身边的少年倒是不再打盹了，他低着头专注地看着一本书。

“意萝2号”又在她心里腹诽着：你看，他一定在张狂地偷笑！

窗外的日光忽然暗了下去，有大片的云朵从东边飘移过来。这气候多变的春天，像青春初期的情绪一样，让人捉摸不定。

程意萝深深地呼吸了一下，努力让自己的注意力集中起来。她看了看笔袋上那个大大的P字。

P，裴子柚名字的首字母。

没错，她不能把握变换的外界环境，但是她可以把握自己。

她要做的事情只有一件，打败裴子柚。

5

程意萝的家与学校隔着一条江。从户籍上说，她并不归属这个区。程意萝的爸爸是军人，她虽然生在江城，但是不到一岁就跟着父母去了东北，直到十年后，爸爸转业，全家才从东北又迁回了江城。

程爸爸是不主张女儿跨区上学的，路途遥远，奔波起来太辛苦。但是程妈妈一心要让女儿去最好的学校。她所谓的“最好”，就是骆珞就读的学校。

骆珞中国话还没说利索的时候就开始上外教课，远在东北的程意萝也被妈妈节衣缩食地报了外教班。

骆珞幼儿园的时候开始学钢琴，远在东北的程意萝也被妈妈送进了钢琴班。骆珞三岁就出国旅游了，远在东北的程意萝终于不能与骆珞保持同等的成长节奏了，程家为了女儿高昂的教育费，生活捉襟见肘，哪里有出国旅游的资金？

可是程妈妈为此痛哭了一夜。没有人能了解程妈妈的心情。

程妈妈和骆妈妈是老朋友了，两个人从同一所中学考入同一所大学，甚至在差不多的时间段结婚生子，就连女儿的生日也机缘巧合地赶在了同一天。

在旁人眼里，她们俩就是默契十足的姐妹花。

可是，这份真挚的友情是从什么时候开始有了微妙的变化呢？大约是在孩子们出生之后，骆珞爸爸的小公司越做越大，骆珞妈妈过上了悠闲又优雅的全职太太生活；而独自带着孩子在江城生活的程妈妈，则像大多数军嫂一样，每天忙得失去了自我。

要强的程妈妈自觉落于人后，却偏偏怎样努力都追赶不上好友的步伐，琐屑的家庭生活吞没了她。所以，程意萝一岁的时候，她几乎是抱着逃避的心态离开了江城。心里却又有满满的不甘，于是，她把一份厚重的希望放在了程意萝的身上。

她希望同一天出生的两个女孩当中，自己的女儿会是最闪亮的那个，她希望女儿的人生能够实现自己想要的“逆袭”。

及至全家迁回江城，她也希望程意萝能够转进骆珞就读的那所小学，她甚至庆幸骆家没有为女儿选择天价的国际学校。

程爸爸以为妻子的出发点是让孩子们承袭上一辈的友情，程意萝却似乎慢慢了解了妈妈的心态。

你要成为两个女孩里最好的那一个，这才是妈妈给你制定的目标。“意萝2号”总是在她心里嘀咕着。

你要超过骆珞，可是，你还要和骆珞做最好的朋友。“意萝2号”带着嘲讽的语气，其实你明明不喜欢和骆珞做朋友，你真虚伪。

6

2015年3月8日　星期日　晴

是啊，我其实不喜欢和L做朋友。

L又胖了，从初中开始，她的身材就像面包一样不停地发酵着。每当她为此烦恼的时候，我总是夸张地反驳她：“谁说你胖了？你这样看起来多可爱啊！”

她那个样子怎么看都可爱不起来。她最近喜欢各种闪烁的项链，其实又细又短的项链显得她的脖子更粗了。我听到女生们背后讥笑她的声音，如我意料中一样。但是，我不会提醒她，因为如果听到反驳的声音，她会像个怄气的公主一样，让人很不自在。

所以，这些年，她说什么我都会迎合，她做什么我都表示赞同。只要她高兴就好。我们的“友情”因此长久坚固。

而真正的朋友怎么会是这样的呢？真正的朋友，会主动“否定”对方，会及时提醒、纠正对方任何不合适的行为。

所以说，我真的是一个虚伪的人。

我讨厌这样的自己。

可是，我更讨厌L成为我生命中的参照物，从小到大，我听得最多的就是“L多乖啊，L每天练琴，每天练口语，再看看你，你连L的小手指都比不上”“人家L将来是要出国的，即使成绩差也可能比你过得好，你再不努力，你未来根本比不上L”。

妈妈每天把L的名字挂在嘴边，我常常很疑惑，我为什么要和L比呢？L过得好不好，和我的未来又有什么关系呢？

这样的生活，真的让人讨厌！我想快点儿考上大学，离开家，离开有L存在的世界。

7

学校在黄鹤楼附近，经过一片古旧的小区，再沿着江滩走一段儿，就是一片崭新的楼群。站在骆珞家的落地窗前，可以俯瞰大片江景。而江对面那一片灰蒙蒙的街区，就是程意萝家的位置。

放学的时候，骆珞总是拉着程意萝一起走。假如天气不好，会有骆家的司机来接她们。天气若是不错，两个人就一起走到骆珞家的小区，然后程意萝再去附近坐地铁或者轮渡。

程意萝总是更喜欢和骆珞分开之后的那段独行的路。

她更喜欢坐轮渡，静静地吹着江风，看暮色一点点深沉。那个时候，她会看见自己和“意萝2号”重叠成同一个人，她对生活不再挑剔与抱怨，她想发呆就发呆，不用对任何人假装友好，她不用再戴着她的面具。

这天放学也毫无例外。天气好得很，一路走过去，总能遇见几棵早樱在斜斜的夕阳里怒放着，满树绯红，如梦似幻。

骆珞早在离校的第一时间就把校服脱了，换上了她一贯最喜欢的洛丽塔风格的洋装，骆珞最近沉迷洛丽塔风格的洋装。程意萝照例要赞扬几句，比如“哇，这件裙子好漂亮！”“嗯，新买的鞋子？奶油色很衬你啊！”

骆珞听了之后心情自然好极了，轻扯裙摆，在樱花树下转了个圈。

程意萝，你真虚伪，你敢不敢告诉骆珞，那条裙子实在不适合她。“意萝2号”总是撕开她虚伪的假面。

程意萝自己都忍不住要笑起来。

骆珞从小就把自己当成公主，一直遵循着优雅淑女的路线成长，可惜，她是个胖公主。最大码的粉蓝色的裙装紧紧地套在她身上，腰身处被勒出几条游泳圈。

骆珞拉着程意萝拐进一条从前没怎么走过的小街，那边是通往户部巷的方向，一年四季都挤满了游客。

“干吗走这边？会绕路的。”程意萝有些不情愿，“我今天晚上的任务是十张卷子，骆珞，你知道十张卷子是什么概念吗？”

骆珞直接忽略掉程意萝的后半句话，她眨巴着眼睛，神秘地说道：“据说，裴子柚放学后经常去这附近的一个篮球场打球，我们走这条路刚好可以经过那个篮球场。”

程意萝面无表情地回应道：“他在哪里打球和我们有什么关系？”她却在心里愤愤地向“意萝2号”吐槽着：啧啧，你看，裴子柚的家肯定也在附近，离学校这么近，上下学就能节省出一个小时的时间。一个小时啊！够我复习多少功课了！

骆珞戳了戳程意萝的额头，满眼放光：“裴子柚啊！那么闪闪发光的人物，他住的地方当然也闪闪发光了，我们去感受一下光芒。”骆珞竟然捂着嘴笑了一下，笑得那么羞涩。

虽然有些不情愿，她到底还是跟着骆珞往街对面的方向走去，她也有些好奇，那么强劲的对手，他的学习环境应该比自己要优越许多吧。有人影晃动，一闪而逝。

“怎么了？”骆珞转头看看突然停下脚步的程意萝。

程意萝摇摇头，什么也没说。

她好像看见了姜湛，人影一晃又消失了。

曾经像空气一样被她无视了一个学期的姜湛，就这样在短短一天的时间内，参与了她的人生。换同桌的事情，到底要不要告诉老妈呢?

程意萝重重地叹了口气。

8

游人如织，空气中混合着各种美食的香气。骆珞一路走一路像小狗似的吸着鼻子。以至于，等她们穿过熙攘的人群，已经耗去了大半个小时的时间，骆珞左手一把烤鸭肠，右手一盒泰式大薯条，程意萝还帮她举着一朵大大的兔子形状的棉花糖。骆珞似乎忘了绕路是为了看她心心念念的男孩，一路吃一路走，倒也颇为惬意。

及至骆珞的电话响了，她看见来电号码，才猛然清醒过来："呀！我忘了，我妈今天给我预约了外教课。"

骆珞高中毕业后是要出国留学的，她别的课都上得吊儿郎当，外教课倒是用心得很。说着话，她把手里的吃食一股脑地塞给程意萝，拔腿就向路口跑去。

远天已经变成了玫瑰色，是该回家了。

程意萝站在古旧的巷子口，听见"意萝2号"在心里蛊惑着自己：反正已经晚了，不如一个人逛一逛，然后去坐渡轮，你好久没坐渡轮了。她打定主意，咬了一口棉花糖，丝丝缕缕的甜在味蕾上蔓延，一直蔓延到心里。"意萝2号"开心极了。

所以，她沿着狭长的巷子漫无目的地逛了起来。

这一片的建筑多是几十年前的老房子了，布局杂乱，各种管线裸露在楼房外墙上，每家每户的阳台都伸出长长的晾衣竿，挂着春日的衣衫。拐角处偶尔会有一个小小的菜棚，红色塑料盆摆放得整整齐齐，里面盛着最新鲜的菜蔬。

骆珞走进这样的街道总是会嫌弃地皱鼻子，程意萝心里却爱极了这种市井生活气息。

小时候，她倒是常常从这里经过，当时妈妈工作的地方就在小学附近，每天放学就带她穿过这些街巷去坐渡轮。程妈妈总是穿着得体的职业装，与这些市井的杂乱格格不入，她的脚步永远都是匆忙的，根本不给程意萝停下来的时间。

但是，程意萝显然低估了这片老建筑的布局。走着走着，她发现自己迷了路。每一条小巷都能把她带入一片未曾经过的区域，然后她不得不拐入另一条小巷，像迷宫一样。

经过一段向下的石板路，忽然有什么东西从楼上的窗口落下来。程意萝吓了一跳，急忙闪身小跑几步，险些被砸到。

楼上落下来的是几本书，连同一些散落的纸张。

她下意识地抬头，顶楼的窗口传来断断续续的吵闹声，是一个成年男人蛮不讲理的声音：“这个房子姓裴，这个房子里的东西我想动什么就动什么。”

程意萝皱皱眉，想从那几本书旁边绕过去。

有风掀动书页，露出一个白色泛黄的信封，上面的字迹歪歪斜斜，名字却依稀可辨。

姜湛。程意萝犹豫了一下，又抬头向顶楼的窗口望了望，她迟疑着蹲下身，伸手去拿那封信。

“别动。”一个冷冷的声音猛然响起。

程意萝条件反射地站起身。从幽暗的楼道里蹿出一个瘦瘦高高的人影，他身上还穿着不及换下的校服，脸上却有一道红红的手印。饶是天色已经昏沉，程意萝也能辨清那是一个成年人的手印。

果然是姜湛，她的新同桌。

人与人的缘分真的很奇妙，她与姜湛即便做了一个学期的同学，也从未有过交集。而从他们成为同桌的这一天开始，他与她却开始有了千丝万缕的关联。

气氛有些尴尬。程意萝想着该怎么打招呼。姜湛却看也不看她，甚至有些粗暴地推了她一把。程意萝趔趄了一下，心里无名火起。楼上突然传出女人的哭声。

蹲在地上的姜湛，身体微微颤抖了一下，他忽然抬起头，看了程意萝一眼，眼神里颇有些威胁的意味。

程意萝努力挤出一抹友好的微笑，把火气压了下去。她不知道他有什么样的故事，她不知道他刚经历了怎样的事故。所以，干脆不和他一般见识了。她绕过姜湛，打算继续穿越自己的“迷宫”。对面忽然跑过来一个人，风风火火，也不看路，一股脑地撞在了程意萝身上。程意萝“哎呀”一声，手里的吃食散落一地，连同斜挎在肩膀上的书包——她的书包没拉严，书包里的东西一股脑掉了出来。

“对不起。”那人匆匆说了一句，然后停下来，却并没有看程意萝，而是看了看姜湛。然后蹲下来，帮姜湛把地上的东西收拾起来。

“我爸可能又喝多了。”他低低地说道。

姜湛的态度显然不够友好，抢过他手里的书，起身就向着巷子的出口走。

那人叹口气，这才看向程意萝。

“你没事吧？”声音朗朗，带着一点点温厚。

程意萝诧异地看着他，竟然是裴子柚。而听他们之前的对话，显然裴子柚与姜湛是熟识的。

“怎么办呢？这些多少钱？我赔给你吧。”裴子柚看着地上的食物，耸耸肩。

“没关系，反正我也不想吃了。”程意萝客气地答道，把书包整理好。

“那多不好意思，要不然，我再给你买一份？咦？我们好像是校友呢，你读几年级，是哪个班的？”裴子柚指着程意萝的校服，淡淡笑起来。

果然如骆珞说过的，这个男生永远那样彬彬有礼，待人宽厚。

程意萝想了想，大大方方地开口道：“你好，我是高一（6）班的程意萝。”

“那很巧啊！我是你们隔壁班的，我……”裴子柚停顿了一下，把自己的名字省略了，在高一年组，他的迷妹实在太多了，女生真是让人觉得很麻烦，谁知道这个女生是不是故意来引起他注意的呢？他的态度淡了几分，客气地说道：“以后有机会我请你吃食堂，呃，程……”

他显然没记住她的名字。

“程意萝。”她淡淡地接道。

“对！程意萝！我记住了。”裴子柚笑着，重复了一遍程意萝的名字。

“意萝2号”已经在心里狂笑了：程意萝啊程意萝，你看这个裴子柚多狂妄！你们的名字在百名榜上相邻那么久，他竟然仿佛对这三个字闻所未闻。显而易见，他从来都没把你当作对手！

一种被轻视的挫败感，从程意萝的心里升起来。

她突然恼火极了，把书包甩到肩上，然后抬起头，小身板挺得笔直，高傲地从裴子柚面前走了过去。

天色仿佛一下子就暗了。楼上吵闹的声音还没停歇。

程意萝脸上瞬间转换的表情让裴子柚稍稍有些讶异，女生的情绪真是奇怪。但是，他并没有太在意，他抬头看看楼上的窗口，微微叹了口气，脸上的笑容渐渐淡去。如果程意萝此时回头，她会发现，裴子柚面无表情的样子像极了姜湛，他们的眼里都仿佛盛着一面结冰的湖，被雾气缭绕着，让人分辨不出情绪。

渡轮拉响长长的汽笛声，天边的玫瑰色已经被青黛色吞没。轮渡离开码头，这一岸的风景慢慢变得遥远，只余下闪烁的灯火。

程意萝无心看风景，上了船特意挑了清静的窗边站着，手里捧着英语书。堤坝上的人影也渐渐模糊，没有人会留意坐在江边最后一级台阶上的少年。他手里紧紧攥着一封信。

他努力吸了吸鼻子，却还是有泪水落下来，刚好打湿了“姜湛”两个字。他手忙脚乱地去擦拭，慌张极了。然而，那两个字还是被洇湿了。

江水浩荡，只有这奔腾不息的长江水一次又一次见到了姜湛的绝望。

9

回到家自然是比平时晚了，老程系着一条碎花围裙正在厨房里忙碌。见女儿进门，他忙不迭地过来接下程意萝的书包，又递过去一杯温水，随后瞥了瞥书房里的妻子，小声对女儿说道："你妈在操心公司里的事儿，气压有点儿低，你小心触雷。"程意萝对老爸做了个OK的手势。老爸绝对是她的最佳情报员。

"去洗洗手，准备吃饭。"老程拍了拍女儿的肩膀。

程意萝蹑手蹑脚地往洗手间走，尽量降低自己的存在感。

"程意萝。"书房里传来程妈妈的声音，听不出什么情绪。

"妈妈，我回来啦。"程意萝甜甜地喊了一声，乖巧极了。

"怎么这么晚？又去坐轮渡了？不是告诉你坐地铁节省时间吗？时间啊，就像是海绵里的水，是要挤出来的……"

神色疲惫的中年妇女放下桌上的文件，说着说着唠叨起来，声调也高了几分。

程意萝连忙打断她："骆珞有几道题不会，我给她补了会儿课。"

她听见"意萝2号"笑了起来：说谎都不脸红了。果然，骆珞这个名字是万能的挡箭牌，眼看着妈妈渐起的火气忽地就平息了下去。

"她的家教难道不够用了吗？"程妈妈语气带着几分揶揄，又兀自想了想，说道，"也好，只要不耽误你自己的学习，你多帮帮骆珞。"她眼下正焦头烂额地接手了一个新项目，要是能得到骆珞爸爸公司的助力，会方便许多。可是私交再好，于公事上也不好开口谈利益。

“开饭啦，小鸡蘑菇炖粉条、韭黄炒焖子!”程爸爸朗声喊道，难得月休一天，他在厨房里忙了一下午。

“呀，我们家好久没吃东北菜了!”

程意萝三两步蹿到餐桌旁，和爸爸交换了一个会心的眼神，随手夹起一根粉条，半仰着头吸进嘴里。

“没有一点儿女孩子的样子，说过你多少次了，长辈还没动筷，你就要耐心等候，这是餐桌礼仪。你看看骆珞，虽然学习不怎么好，但是每次聚餐的时候，那言谈举止真的特别有家教的样子。”程妈妈板着脸说道。

请注意、请注意，参照物L已上线。“意萝2号”在心里念叨着。

程意萝恭顺地拉开餐椅，请妈妈坐下，然后微笑着点点头：“哦，我记住了，母亲大人。母亲大人，请您用餐。”像个机器人。倒是程妈妈，看着她那矫情的样子，一时欲言又止，最后到底笑了出来。

10

温和的夜风吹进四楼的窗口，各种花香混合在一起，变成江城春夜特有的味道。

程意萝的家在汉口的一座老房子里，房子太旧了，和一路之隔的大厦比起来，有着天壤之别。

可是，程意萝也曾站在路边仰望，并不觉得这两栋建筑的灯光有什么不同。在静寂的夜里，每一扇窗里的灯火都一样明亮温暖。

她深爱着自己那扇窗里的灯火，那盏灯下，永远有慈爱温和的爸爸和严厉认真的妈妈。当然，如果妈妈再温柔一些就好了。

她想着想着叹了口气，是的，妈妈不生气的时候也是极好的，但是妈妈一旦生气就不是批评她几句那么简单了。妈妈会变成西伯利亚吹来的飓风，冷酷又残忍。从小到大，程意萝已经记不清经历过多少场那样的飓风。

“暴力”这个词语其实范围很宽泛，肢体暴力、冷暴力，以及语言暴力。

妈妈歇斯底里的语言暴力，是她的噩梦。作为班级里的佼佼者，没人知道，她的内心总是藏着些许的自卑，来自妈妈长年累月的语言暴力。所以，她学习才会那么拼命，她努力用好成绩来驱赶那些自卑的心理。

她后来在新闻上听到“虎妈猫爸”这个词，觉得用来形容自己的父母再合适不过。程妈妈不许她输，只要身边有对手，就不允许输，哪怕是幼儿园时期的趣味运动会。

“程意萝，数学卷子做完了吗？该喝牛奶了。”妈妈的声音在门外响起。程意萝急忙应了一声，迅速地关上窗子，飞快地坐回书桌前。

程妈妈随后推门进来，看见的是程意萝在台灯前埋首学习的一幕。她微微笑起来，女儿还是在努力的，即使每次月考都是年级第二名。

她咨询过许多名师，大家都说保持学习兴趣和学习劲头最重要，就好比跑马拉松，在接近终点的时候加速冲刺反而更科学。

程妈妈把牛奶放下，很自然地拿起程意萝的书包：“意萝，你要不要换个新书包？”

程意萝暗自撇撇嘴，这是妈妈的老套路了，不定期地检查她的书包。

突然，她想起今天放学的时候顺手把日记本放在书包里了。程意萝猛地转头看着程妈妈，却见程妈妈已经神色自然地把书包放下了：“现在的小女生总是把书包装饰得古里古怪的，还好你不学她们。嗯，喝了牛奶再写吧，张弛有度。”程妈妈拍拍她的肩，走了出去。

程意萝悬着的心终于放了下来，妈妈竟然也有大意的时候。她连忙拿过书包，心里却再次“咯噔”一下。

她的日记本不见了。

Di-er Zhang

第二章

同桌太奇怪了怎么办

若你是一只小怪兽，请给我靠近的机会，因为啊，我也是怪兽王国的一员呢！

用眼睛看人是肤浅的，请让我，去你心里做客吧！

记得绿罗裙

1

姜　沁：

我常常想象，我的妹妹呀，像姜花一样纯洁美丽的小姜沁，你长大了会是什么样子呢？我也会在纸上勾勒你长大的轮廓，可是，这就像是一道永远无解的谜题。

但是，我想，你会比所有的女孩子都讨人喜欢。

我所遇见的那些女孩子，真的非常令人头痛。比如，我的新同桌程意萝。在她身上，我看见自私，看见虚伪，看见狭隘。

当然，也许在她看来，不，也许在所有人看来，我才是最让人生厌的人。我听见他们喊我“僵尸手”。像僵尸一样了无生气的十六岁男生。这就是你曾经那么喜欢的哥哥。

这世间的人总是习惯自以为是，我也不能例外。

——来自“姜湛日记”

第二天上学，程意萝特意比往常提前了十分钟。教室里还没有什么人，陈柘这天值日，把手里的扫把当话筒，一边甩着头唱歌，一边胡乱地扫着地，尘土飞扬。

见程意萝进来，陈柘把扫把一扔，热情地凑过来：“老同桌，英语作业借我抄一下。”

程意萝没什么心思理他，随手掏了英语卷子给他，然后，伸手去桌洞里摸索，一脸凝重。

却见陈柘凑近一步，低声说道：“你书桌洞里有秘密！”

程意萝心惊了一下。

陈柘看着程意萝惨白的小脸，哈哈大笑：“被我猜中了吧！其实我早就知道了，你书桌里藏着巧克力，自习课的时候会偷偷吃。”

程意萝斜睨了他一眼，随手从桌洞里掏出一颗巧克力，递到陈柘面前。陈柘得意地塞到嘴里，笑得眼睛都眯成一条缝：“权当封口费了！放心，我会保密的，绝对不会打破你‘好孩子’的人设。”

陈柘抱着卷子，迈着摇滚步伐离开了。

程意萝重重地叹了口气。这算什么秘密？只是个习惯而已，程妈妈觉得巧克力能给她疲惫的大脑提供动力，所以总是提醒她到下午的时候补充一块巧克力，吃着吃着就成了习惯。但是好孩子人设？没错，她拥有一个完美的人设。学习好、性格好、纪律好、习惯好……总之，她就是老师心里的“N好学生”。

日记本不在书桌里。

程意萝让自己冷静下来，努力地回忆着，她可以肯定，放学的时候，她确实把日记本放进了书包里……记忆里再次浮现出昨天傍晚的情形，迎面而来的裴子柚、蹲在地上捡东西的姜湛……

“惨了……”程意萝不禁喃喃出声。

那本日记应该被甩出了书包，可能被姜湛捡走了，也可能落在裴子柚的手里，当然，也有可能散落在角落里不知道被谁捡走了。不管被谁捡走，生活在日记本里的“意萝2号”都会被赤裸裸地曝光。

她不敢想象假如自己的壳被打破了，真实的自己被袒露在人前，会带来怎样一场狂风暴雨。

“意萝，你来得好早啊！”骆珞慢悠悠地走进教室，娇嗔地和程意萝打了个招呼。

程意萝敷衍地笑了一下，瞥向教室门口。

“你等谁呢？”骆珞好奇，也随着她望过去。

“姜湛。”程意萝一时失言。

骆珞惊讶得下巴都要掉到地板上了。

“我是说姜湛来了。”

程意萝漫不经心地指指教室门口，只见姜湛背着书包打着呵欠走进了教室。

骆珞斜睨他一眼，然后匆匆地嘱咐了程意萝一句：“一定要去找老杨，一定要换同桌，你就说姜湛影响你学习。你是咱们班的镇班之宝，你提什么要求老杨都会同意的。”

姜湛已经走了过来。

骆珞吐吐舌头，飞快地跑开了。

2

骆珞说得没错，姜湛的确影响了程意萝的学习。整个早自习，程意萝虽然一直低头看着桌上摊开的书，心思却全在姜湛身上。

他坐下来发了一会儿呆，然后才慢条斯理地打开书包。他拿出一本书翻了一下，甩到一边，然后又拿出一本书翻了翻，又甩到一边。

程意萝觉得自己的心跳都加快了。

“看什么？”姜湛忽然说，语气很不友好。

“我没看你啊！”程意萝回了一句，又心虚地补充道，“你长得又不好看。”

话音一落，程意萝自己也愣了一下，显然有些口不择言。饶是如此，她还是一脸正气地看了一眼姜湛。

晨光璀璨，照着少年白皙的脸，他的气质有些忧郁，眉间仿佛凝结着淡淡的愁绪。

他其实挺好看的。“意萝2号”突然在她心里说了一句。

程意萝的心忽然软了一下，她想起昨天昏黄的暮色里，他脸上印着明显被打的手印。每个人都有着不为外人道的故事吧。她从小套着一个壳长大，所以，她理所当然地认为，每个人或许都有一个用来保护自己的壳。

姜湛果然对女生的脑回路感到无语。

“喏，镇班之宝！”

程意萝似乎听见他带着嘲讽的轻嗤。两个人面无表情地对视了一眼，程意萝将椅子向外侧挪了挪，姜湛嘴角动了动，懒洋洋地伸了个懒腰，无形中又向程意萝的“疆土”扩展了几分。

程意萝从姜湛的种种表现判断，他应该没发现日记本的存在。

第二节课上课，骆珞忽然哭哭啼啼地向老杨“报警”：“老师，我的派克笔不见了。那是我爸从德国带回来的，限量版的，全世界也没几支。”

有人偷笑，有人窃窃私语。

程意萝把头向下低了低，她那个全世界公认的“好朋友”又在炫富了。

长得又胖又爱扮公主的骆珞常常会无知无觉地炫富，在旁人眼里却像个笑话。

下课了，终于挨到姜湛离开教室，程意萝迟疑了一下，迅速动手开始翻找姜湛的书包。

他的书包里并没有自己的日记本。

程意萝松了一口气，可是悬着的心依然无法放下。如果姜湛的嫌疑排除了，那么下一个就是裴子柚。如果，日记落在裴子柚的手里，那就更可怕了。因为……那个日记本里写满了裴子柚的名字。

程意萝心里哀叹一声。

她的手突然触到一个柔软的物体，竟然是一只小小的蒙奇奇娃娃。真是一个奇怪的男生，身上有淡淡的香味，书包里还会放女生才会喜欢的布偶。程意萝惊讶地皱起眉。

“你在干什么？”冷冷的男声突然响起，姜湛不知什么时候回来了。

程意萝手里握着娃娃，一时不知如何解释。

姜湛突然伸手夺过她手里的娃娃，他的动作太快，指尖甚至刺痛了她的掌心。程意萝“哎哟”一声，姜湛的表情却难看极了。

“程意萝，你该不会是怀疑姜湛偷了你好朋友的派克笔吧？”后桌的同学笑起来。

周围的人不禁都向他们看过来，甚至有人小声说：“也不是不可能。”

程意萝连忙摆手：“不是的，不是的……”

可是，她该怎么解释呢？

好在上课铃响了，数学老师不耐烦地敲了敲教室的门，乱哄哄的教室霎时安静下来。

程意萝，你可是彻底惹恼了姜湛。“意萝2号”嘀咕着。

程意萝犹豫了很久，还是写了一张小字条：**我不是故意要翻你的书包，因为我的日记本不见了。**

过于傲娇的女生，连“对不起”三个字都不肯坦荡荡地写出来。这样的措辞，却只会让对方更恼火。

果然，姜湛没有给她任何回应。

倒是骆珞，在下课之后忽然又哭哭啼啼地叫起来：“哎呀，是谁把我的派克笔摔到地上的？笔尖都摔歪了。”

陈柘看着骆珞矫情的样子，肆无忌惮地笑起来，笑得都要直不起腰了，他故意学着骆珞的语气，娇滴滴地说：“哎呀，你的全世界都没有几支的、限量版的、来自德国的派克笔质量这么差，是个假货吧？”

教室里一派欢腾景象。

程意萝重重地叹了口气。

3

天气不是太好，雾蒙蒙的，从教室外面进来的人，头上都沾了一层薄薄的水雾。

“裴子柚，去打球呀！”有人招呼着裴子柚。

“不了，今天场地太滑。”

裴子柚懒洋洋地回应着，却也不抬头，只专注地看着手里的本子，嘴角不时上扬。

“哎哟，大学霸不是轻轻松松就能拿第一吗？竟然知道抓紧时间学习了？”裴子柚的好友打趣道。

他也不解释，仍是笑着看那个浅绿色封面的本子，忽然又想起什么，头也不抬地问道：“你知道程意萝吗？她是哪个班的？六班？”

朋友像看外星人一样看着他，然后无奈地白他一眼：“对啊，隔壁六班的啊！大名鼎鼎的，怕是只有你不知道。”

裴子柚这次终于抬起头，认真地问道：“为什么啊？你们都知道她吗？”

“哈哈，大柚子，你这个问题是认真的吗？”同学显然觉得不可思议，“她每次考试和你的分数相差不到三分！人家也是学霸啊！”

“哦……”裴子柚轻描淡写地回应了一声，也不知道想到什么，又“扑哧”一声笑了出来。

那个女孩子……裴子柚努力地回想着程意萝的脸，在暮色沉沉的天色里，他依稀记得，她的神情不是太友好，难怪呢……

P真是我的噩梦，为什么每次考试，他都要领先那么几分？我想，P一定是老天爷给我设置的路障，我今年的目标就是越过这个路障。在我程意萝的人生之路上，只有打不死的小强，没有踹不走的路障，除非……P是一只小强！

在文字后面，程意萝用棕色的笔画了一只蟑螂。

“真幼稚。”裴子柚扯扯嘴角。

L真是讨厌，每次都要拉着我走那么长的路，每天放学我都要浪费太多的时间陪她，如果不用陪L，我这次考试应该能超过P。不过，说实话，我真的很讨厌学习，讨厌没完没了的考试，讨厌失败，讨厌被妈妈教训，讨厌P。

P的人缘看起来不错，就连L都整天把P挂在嘴上，一副花痴的表情。他除了会学习，会打篮球，还有什么闪光的地方？我就不喜欢P，一脸好孩子的样子，看上去谦和有礼，笑容假惺惺的，谁知道那是不是他戴的面具呢？啊，P真是我的噩梦啊！

我昨天做梦居然梦见了P，这太可怕了。我梦见下次月考，我和P只差了0.5分。当然，是他又领先了我0.5分。有P存在的梦果然是噩梦。

浅草绿色封面的日记本，内页亦是彩色的，女生的字迹娟秀工整，但是几乎每一篇都写满了L和P这两个代号。

裴子柚是在草地上捡到这个日记本的。昨天傍晚，在程意萝的身影消失在拐角处之后，他漫不经心地走了两步，几乎要踩到这个本子上了。日记本并没有名字，但是看字迹显然不是姜湛的。他初时只是为了找到主人才信手翻了翻内页，可是，看着看着却觉得内容太过有趣。

“P……”裴子柚慢慢咀嚼着这个代号。

这个代号在日记本里出现的频率极高，pei的首字母啊！裴子柚忽然忍不住大笑出声，笑得肩膀都跟着耸动起来，害得后桌的同学踹了踹他的椅子。谁能理解鼎鼎大名的高一年组学霸裴子柚，丝毫没有好学生该有的样子，学习不刻苦，劳动不积极，纪律不严谨，有时候如翩翩公子般温润宽厚，有时候又像个七八岁小孩子一样调皮讨嫌。老师们常常被他气得哭笑不得，私下里喊他“猴子”，但是又奈何不得，谁让他是高一（5）班的骄傲呢？只好全班一起宠着他。

裴子柚好不容易才止住笑意，可是，他一想到自己竟然在程意萝的日记里做了主角，眼睛不由自主地弯成一弯弦月。他的手指轻轻敲了敲日记本的封面，心里思忖着该怎样处理这本日记。

教室门外有女生徘徊的身影。

裴子柚不经意地抬头，看见程意萝眯着眼睛向教室里巡视的眼神。他猜想，她心里应该慌乱极了，看她那表情，多忐忑啊！他再次忍俊不禁，笑得伏在桌子上，肩膀耸动着。

“唉，学习太刻苦，学傻了吧？”后桌的同学感叹着。

“嗯，快月考了，学霸的日子不好过，压力太大。”另一个同学点点头。

4

程意萝在五班门前来来回回地走着，视线不着痕迹地探进五班的教室。她心里叹了口气。这太像骆珞那样的迷妹们常做的小动作，为了看一眼传说中的男神裴子柚，她们经常故意在五班门口晃荡。

裴子柚擦擦眼角，心情好极了，真是担心自己会笑出鱼尾纹。他把日记本往书包里一推，然后站起身，慢悠悠地踱着小碎步走出教室。程意萝险些和裴子柚撞到一起。

裴子柚忙不迭地道歉："对不起，对不起，差点儿撞到你。"然后，又有些迟疑地看着程意萝，"哎？这位同学，我看你有些面熟，你是……"

他敲着脑袋故作思考状，简直是影帝级的演技。

程意萝脸色讪讪地道："昨天我们见过，在户部巷小区，你撞了我，我的书包掉了。"

程意萝言简意赅地重复着昨天的事故，试图在裴子柚脸上找到关于日记的线索，但是看起来，裴子柚一脸平静，似乎没有留意过日记本。

"哦！我想起来了，你是隔壁班的，程……程……程什么来着？"裴子柚的食指在空气中摇晃了许久，最后总算落了下来，他直指程意萝的鼻子，"程小萝！"

程意萝的脸都要黑了，"意萝2号"在她心里咆哮着：气死了！这个家伙竟然这样无视你啊！

裴子柚看着程意萝的眉头慢慢地皱起来，心里暗笑，捉弄这小姑娘真是一件有趣的事儿。

程意萝极力忍耐着，也懒得去纠正他，故作平静地问道："你昨天有没有捡到我书包里的东西？"

她没有说出"日记本"三个字。

裴子柚一脸乖孩子的表情，摇摇头，又关切地问："你丢了什么吗？需要我回家的时候去路边帮你找找吗？"

"不用了，也不是什么重要的东西。"程意萝的声音冷到极点，说完再也不理会裴子柚，径自回了教室。

上课铃急促地响了起来，穿着校服的学生们像小鹰归巢一样急匆匆地往教室跑。裴子柚才不着急呢，他心情难得舒畅，生活这么乏味，总要找些有趣的事。他逆着人群往六班门口踱步，姜湛刚好从对面走了过来，两个人四目相对，裴子柚愣了，下意识地耸耸肩，权当打招呼。姜湛却毫无反应地进了教室，仿佛把裴子柚当空气一样。

裴子柚轻轻叹口气。他的视线追随着姜湛，却意外地发现姜湛竟然在程意萝的座位旁边坐了下来。他们竟然是同桌？

这个发现让裴子柚眼前一亮。

忽然，有人重重地拍了裴子柚的肩膀一下，然后扯着他往教室走："大柚子，上课了，别害得全班同学陪你受罚。"

裴子柚太皮了，老师们拿他没办法的时候，索性让全班同学陪他一起受罚。上学期期末，有一次历史课的时候刚好下雪，裴子柚站在走廊里看雪，迟迟不进教室，老师罚全班同学把《程门立雪》的古文写了二十遍。之后，仿佛全班同学都成了裴子柚的监护人，大家为他的纪律问题操碎了心。

裴子柚被人喊了绰号也不恼，心里只想着程意萝和姜湛并肩而坐的场景，心情好极了。

像姜湛那样死气沉沉的人，遇到程意萝这样有着外壳的有趣女生，会发生令人期待的化学反应吗？

5

姜湛不喜欢新同桌。

他忘了是哪一天，妈妈有意无意地提了一句："我和张主任打过招呼了，给你安排一个学习好的同桌。"

近朱者赤？听起来有些可笑。

他和程意萝做了一个学期的同学，对她并没有什么了解。事实上，他对班里任何人都没什么深刻印象，他没有朋友，也懒得去经营同学关系。

他对程意萝唯一的印象就是书呆子，所谓学霸不过是书呆子而已。及至成了同桌，他又觉得她高傲、虚伪。她看自己的眼神总是带着几分傲慢。她随意翻自己的书包，不懂尊重。她和骆珞明明是好朋友，可是当骆珞送她小礼物时，她表面上欢喜感动，背地里却把那件小礼物扔进了垃圾桶。

一个人怎么会藏着那么多副面孔呢！

这一点，倒是有些像裴子柚，他想。所谓的学霸们，都带着几分虚伪与自私。

放学的时候，姜湛看见程意萝等在路边，或许她有什么话要和自己说，但是姜湛不想理会她。他转过身，拐进另一条小路。

"嗨。"忽然有人喊了他一声，"你怎么走这条路啊？"

不用回头也知道，这声音来自裴子柚。

姜湛没说话。身后的脚步声却没停，裴子柚跟了上来。

"我爸出差了，他今天应该不会去你家了。"裴子柚的声音里隐隐带着些歉意，"他昨天确实喝多了。"

裴子柚似乎习惯了姜湛的沉默，抬脚踢飞面前的一块小石子，深吸一口气，继续跟在姜湛身后。

"那不是我家。"姜湛却突然说了一句，"我们很快会搬走的。"

裴子柚愣了愣，忙辩解："我不是那个意思，你知道的。"

"那是外婆的家。"姜湛低低地说，也不知道裴子柚听没听见。

学校里没有人知道裴子柚和姜湛的关系，即使是老师们。谁能想到，看似毫无交集的他们竟然是表兄弟。

裴子柚的爸爸是姜湛的亲舅舅，两个人同岁，生日相差也不过两个月而已。

亲戚们提起裴子柚，都是啧啧赞叹，裴家生了这么有出息的孩子，俨然已经把他当成两年后的高考状元。而提起姜湛，一个个却都是讳莫如深的表情。

“姜湛那孩子啊，小时候真可爱，聪明又乖巧，后来……嗯……可惜了。”

“对啊，阿湛小时候学习成绩比小柚还要好，可惜了。”

他们只会这么说，嘴里唏嘘着，脸上或许会显露出些许同情，但最后多半是摇摇头，再无兴致提起这个名字。

姜湛似乎早就习惯了成为人们聊天的主角，自然也习惯了在聊天话题散尽之后被人们遗忘。

十岁那年，父母离异。大人们的事总是让小孩子摸不着头脑，他们好的时候像糖一样甜，彼此看着对方的眼神是闪着光的，可是说不清从哪天开始，两个人开始争吵，像敌人一样，谁也不肯退让一步，最后，说分开就分开了。

爸爸带着妹妹姜沁去了北方。姜湛和妈妈搬到了江城的外婆家。他常常觉得，自己和妹妹，就像父母的两件行李。妈妈在这两件行李中挑挑拣拣，最后选择了他。然后，妈妈把他甩给了外婆，那段时间，他几乎看不见妈妈的身影，只有外婆照顾着他。

初来江城的半年大概是父母离异后他过得最幸福的时光，所有的温暖都来自外婆。

可是，半年之后，外婆去世了。

及至三年后，妹妹与爸爸也相继离世。他连他们的最后一面都没有见到。他手心的温暖一点点消失了，怎样努力都握不住。

姜湛在很小的年纪，就懂得了一句话——世间好物不坚固，彩云易散琉璃碎。

这世上有什么是可以永垂不朽的呢？

从学校出来没多久，就到了外婆家的旧楼。姜湛回身看看裴子柚，他不知道裴子柚为什么要跟着自己来这里。他心里并不欢迎裴子柚，可是那房子作为外婆的遗产，从法律角度来说，有一部分是属于裴子柚家的。

裴子柚进了屋，讪讪地挠挠头，解释道："我来拿点儿东西。"

他径直走向阁楼。小时候，裴子柚也常常住在这里，阁楼是他的空间。奶奶去世之后，他的东西依旧留在那里，他还是会经常来，自己默默窝在阁楼里，一坐就是小半天。当然，姜湛即使在家，也不会和他有互动，至亲的兄弟俩，就像陌生人。

客厅里杂乱不堪，昨天这里进行了一场闹剧。姜湛的舅舅，也就是裴子柚爸爸喝多了酒，来耍了一场酒疯，叫嚣着要卖掉这房子，把姜湛和他妈妈的东西扔得到处都是，包括程意萝看见的从窗口散落的那些书本、信件。

姜湛放下书包，拿了扫把去清理厨房里的碎碗碟。裴子柚眼里闪过狡黠的光亮，迅速地掏出程意萝的日记本放进了姜湛的书包。见姜湛毫无察觉，他如释重负地长出了一口气。抬头看见墙上的黑白照片，裴子柚略略失神。照片上是奶奶慈祥的笑脸。如果奶奶还活着……姜湛会过得开心一些吧。

储物柜里有一箱子的书信，昨天被舅舅碰翻到水池里，饶是姜湛后来把它们拣出来晾晒，还是"覆没"了大半。姜湛叹口气，将那些再也无法挽救的碎纸片扫进了垃圾袋里。

他整理完毕，见裴子柚望着墙上外婆的照片发呆，心里软了软。

"你不走吗？"他问了一句。

"当然走啊，你又不给我饭吃。"

裴子柚又嘻嘻笑起来，站起身就往外走，走两步又回头去拿姜湛手里的垃圾袋。视线扫过他左手的黑手套，裴子柚眼神黯了黯，笑容也收敛了，再不多说什么，逃也似的离开了。

6

把房子清理干净，已是一个小时之后，姜湛重重地叹口气，瘫坐在沙发上。或许，早就该搬走了。妈妈两年前就买了附近的新楼盘，是他不愿意离开这里，这个小小的老房子里留着他对家最后的眷恋。外婆去世后，舅舅对他们母子也算照顾，只是言语中会有意无意地提及这房子的继承问题。姜妈妈的事业开始红火之后，慢慢有了些积蓄，贷款买了新房，舅舅见他们迟迟没有搬走的意向，态度里明显多了焦虑，多了对这套房子迫不及待地占有。

人性，最经不起利益的挑战。

客厅里古老的座钟突然响了起来，房间里暗了几分，姜湛无精打采地走进厨房，晚餐是很好打发的，煮一包速食面，或者吃个面包就可以了。

他很自然地把左手的手套摘了下来，由于经年累月戴着手套，那只手的皮肤显得格外苍白，但是手背上碗口大的疤痕也因此更加触目惊心。门外突然响起开锁的声音，姜湛警觉地又把手套戴了上去。又是舅舅吗？门开了，进来的人却是他的妈妈裴曼。

姜妈妈穿着一身得体的职业装，挎着公文包，她侧过身，请身后的人进来。

“房子不大，很好打理的。”姜妈妈说着，一抬头看见从厨房里走出来的姜湛，“哎呀，阿湛，你已经回来啦，我还想着找人先把房子打扫一下呢。”

姜妈妈说着话，手已经指向了厨房，她身后跟着的是从家政公司请来的保洁阿姨。

“先扫厨房吧，家里的猫太调皮，把盘子都碰翻了。”

“不用了，我已经打扫过了。”姜湛淡淡地说。

保洁阿姨看着整洁的厨房，仍然热情地说：“小伙子真勤快，我再打扫一遍吧，再把玻璃擦了。”

“不用了，我不喜欢陌生人碰家里的东西。”姜湛的声音明显冷了很多。

裴曼难堪极了，但仍是尽力保持着平和的仪态，圆场说道：“青春期的男孩真是很让人头痛。”

朴实的保洁阿姨讪讪地笑着：“是啊，男孩子到了青春期，性格总是会奇怪一些，我儿子也是这样。”

送走了保洁阿姨，裴曼脸上的表情明显低沉了下来。凭经验，姜湛也知道，妈妈又要开始说教了。

“阿湛，我和你讲过很多次了，男孩子即使学习成绩不好，言谈举止也一定要有修养，你的修养就是你的名片，会伴随你一生。”

姜湛抓起书包，一句话也没说，走进自己的房间，把门反锁上。

妈妈开始喋喋不休，仪态却又那样端庄，语气也是极温和的，就像在公众场合演讲一样。这是一个连教育儿子都已经变得职业化的妈妈。

姜湛趴在床上。门外罕见地没有声响。隔了一会儿，他听见大门响了一声。他起身，倚在窗前，看见妈妈的身影出现在楼下的小路上，她沿着那条路脚步匆匆地消失在街角。

她如今真是忙，忙得连多教育儿子几句话的时间都没有了。

他还记得，小时候，每次妈妈和爸爸吵架，最后都会哭着说

“你知道我的感受吗？我不想沦为一个带孩子的家庭妇女，我也想要做好自己的事业”。可是，那时候的妈妈真的就只能疲惫地做一个家庭妇女，把两个孩子带大不是一件容易的事。而爸爸，是个工作狂，常常忽略了对家庭的照顾。

他们分开后，妈妈终于实现了自己的人生愿望，她的事业一点点起步，越来越成功。

姜湛嘴角露出一抹自嘲的笑容。

肚子叫了几声，但他哪里还有食欲？他随手扯开桌上的饼干袋，抓了一块饼干囫囵着吃了下去。然后，他恹恹地打开书包，心情不好的时候，他倒是很喜欢做功课，大脑机械地运转起来，会让他的情绪变得麻木。

他的手指触到一个绿色的本子，有些迟疑。

绿色的硬壳本子，扉页也是淡淡的绿色，上面有一行娟秀的小字：

让懂的人懂，让不懂的人不懂，让世界是世界，我甘愿是我的茧。

——简　媜

最下面，还有一个他最近才熟悉的名字：程意萝。

他想起她日间翻自己书包的动作，想起她脸上尴尬的笑容，想起她递过来的字条。原来，她真的在找她的日记本。

姜湛略略回想了一下，应该是那天傍晚，她撞破他最难堪的那个时刻，他们弄混了那些书本。

爱写日记的女孩？看她昨天的反应，很在意这本日记呢。他心里有个小小的身影慢慢浮现出来，姜沁也爱写日记呢！那么小的家伙，从幼儿园刚学了几个字而已，就开始歪歪斜斜地写日记，混着拼音和错别字，难看极了，却偏偏把小日记本当成宝贝一样。但是，他还是会偷偷地看那个小女孩的日记，行文生动有趣，他常常觉得自己的妹妹长大了是要当作家的。他总是为她骄傲。及至姜沁离世之后，他也开始写日记，三言两语，写给姜沁听，仿佛姜沁因此可以活在他的日记本里一样。

姜湛自己都没察觉到，在回忆起姜沁的时候，他的嘴角是不自觉地翘起来的。

可回忆越美好，越是烙得他心里生疼。

他果断地把程意萝的日记本合上，没有再看里面的一字一句。

7

“意萝，你怎么有黑眼圈了？你昨晚挑灯夜读了？”

一大早，骆珞就看着程意萝惊叫起来。

周围有人笑起来，大家叽叽喳喳地调侃着，有人说：“学霸嘛，自然要付出比我们多几倍的辛苦。”有人接道：“程意萝，你是想下次月考拿年级组第一吧？”还有人一惊一乍地喊着：“我听说，隔壁班那个裴子柚，学习一点儿都不刻苦，人家那么轻松就能蝉联第一名，啧啧，程意萝，你可得加把劲。”

真是讨厌啊！“意萝2号”在心里发狂地喊着。骆珞，你是故意的吧？故意让我成为焦点！裴子柚这个名字更让人讨厌，为什么无时无刻都不能摆脱这个名字！

程意萝表面上镇定地笑着，对大家摆摆手：“要上课了，都别说话了。”

她哪里是挑灯夜读了，她一整夜都在惦记那本莫名消失的日记本。那个日记本简直就是一枚威力巨大的炸弹，它一旦被公之于众，爆炸的威力足以让她没有颜面面对这个世界。

姜湛慢悠悠地走进教室，在程意萝身边坐下来。程意萝下意识地把身体向旁边挪了挪，因为昨天的事，她犹豫着要不要对姜湛友好地打个招呼。她试图挤出一个标准的假笑，嘴角还没翘起来，只见姜湛扬扬手，一个绿色的本子被甩在了自己面前。

程意萝大脑空白了几秒钟。旋即，她心里燃起了熊熊怒火。

“姜湛！”她猛地拍了一下桌子，手心震得生疼。

她的声音大概有些大，前桌同学回过头来。

程意萝努力压低自己的声音，定定地看着姜湛：“你看过这里面的内容吗？”

她表面沉着，心里却紧张极了。“意萝2号”已经快要哭了。

这是姜湛第一次仔细打量程意萝，她长得……还算眉清目秀吧！脸上最动人的地方大概就是眼睛，即使生气的时候，也是弯弯的，眼睛里亮晶晶的，像嵌着星星一样。像……像姜沁一样，他心里想。

姜湛忽然生出促狭之心，他脸上没什么表情，语气淡淡的，却开口说道：“让懂的人懂，让……”

话音未落，一只柔软的手忽然大力捂住了他的嘴。

两个人同时愣了一下，程意萝迅速收回手，板着面孔警告姜湛：“不许说。”

他一定看过日记了。她这样想着，心里乱极了，却不敢多问什么，只留意着姜湛的反应。

她好像很生气，却因为那双弯弯的眼睛，怎样都显不出怒意。姜湛觉得太有趣了，继而又觉得心底某个地方有些酸涩。

两个人正在投入地打着心理战，冷不防陈柘从旁边经过，一把拿起程意萝桌上的日记本，焦急地说着：“哎，程意萝，这是语文笔记吗？快借我抄一下。”

“不行。”程意萝急忙去抢。

陈柘条件反射地把日记本举起来，却不料，他太用力，那个日记本就势从他手里飞了出去，在空中划了道抛物线，经过开着的窗，落到了外面。

陈柘自己都惊呆了，对着程意萝傻笑一声："哎哟，不好意思，我去给你捡啊。"

他嘴里说着，脚下却没动，一个本子而已，又不会丢了，有什么好着急的?

程意萝却急得直跺脚。她趴在窗口，心里又略略松了一口气。教室在三楼，对应的一楼有一块突出来的露台。日记本没有径直落在路面上，而是落在了露台上。如果落在路上，不知会被谁第一时间捡去，那些秘密，就会像蒲公英的种子一样，被散播得到处都是。

可是，该怎么把日记本拿上来呢?程意萝皱着眉头看看陈柘："怎么办?"

陈柘探探头，大大咧咧地说："别担心，楼下是广播室，从广播室的窗子就能跳到露台上，我去给你捡。"

两人正说着，二楼已经有老师从那扇窗探出头来，从天而降的本子显然引起了她的注意。

陈柘笑得像个三好学生似的，乖乖地喊道："老师，帮忙捡一下本子好吗?"

陈柘话音刚落，只见一直无动于衷的姜湛忽然扯了他一把，然后陈柘只觉得眼前身影一晃，姜湛消失在窗外。

整个教室都沸腾起来。

"姜湛跳楼了！"有人不明就里地喊了起来。

一时间，教室里乱作一团。

只有程意萝的心紧紧地悬了起来，她眼见着姜湛灵活地踩着窗台，抓住排水管，像只猴子一样，也不知用了什么功夫，三两下就跳到了露台上，一把捡起了日记本，竟比那位老师还快。

他抬着头，看看程意萝。

程意萝觉得自己仿佛产生了幻觉，在他脸上看见了一闪而逝的笑容。那笑容，竟让她有些安心。而且，她似乎看见他跳跃的时候，戴手套的左手灵活地抓了一下外窗台。他那只手不是不能动吗？果然是幻觉吧。

日记本平安地回到了她手里。

姜湛却被“请”到了校长室。

8

八卦总是容易掩盖真相。

只需一节课的时间，关于“姜湛跳楼”的故事就在校园里传开了，并且沸沸扬扬地传播到了校外。

——某某中学有个学生跳楼了。

——现在的孩子，心理素质太差了，据说他是单亲家庭。

——那个孩子从小就有抑郁症，啧啧，听说他妈妈为了他的病，特意考了心理医生的资格证。

——孩子们的学习压力太大了，据说那个孩子每次考试都是最后一名，应该是被成绩逼得绝望了。

程意萝晚上回家的时候，就听见爸妈在厨房里正围绕着这个“大事件”讨论得热热闹闹的。

程意萝一进门，立刻被爸爸拉住：“意萝，听说你们学校有个孩子跳楼了？你认识他吗？那孩子没事吧？”

程意萝瞪了老爸一眼，堂堂大男人，怎么这么多管闲事？

程妈妈一本正经地加入老爸的队伍，插嘴说道：“意萝，你朋友当中没有这样心理脆弱的人吧？”她迟疑着，“你以后有什么学习压力都要和爸爸妈妈说，我们帮你疏导。”

程意萝叹口气，一字一顿地告诉他们：“谣言！都是谣言！他没有抑郁症，他也没有想要跳楼，他只是……”她险些说出真相，急急地把后半句话咽了下去。

“他只是什么？”老爸兴趣正浓。

“他只是去楼下捡个本子，也不知道谣言是怎么传出去的。”程意萝含糊地说了一声就要往自己房间跑。

老妈却明显比老爸会抓重点，她问道：“你认识这个孩子？”

“他是我同……”程意萝结巴了一下，“同学。”

她也不知道自己为什么要把“同桌”换成“同学”。如果说出事实，凭她对老妈的了解，她一定会去找班主任给自己调座位。程妈妈对程意萝的学习环境是极其重视的，程意萝都有些害怕妈妈去参加家长会，她总是一脸高傲的表情，整张脸都写着“学霸妈妈”四个大字，她明确要求老杨给自己女儿提供最好的学习资源，当然包括优秀的同桌。

果然，老妈一脸不可思议的表情，皱着眉说道：“从三楼跳到一楼的露台去捡本子？这孩子……”老妈戳了戳程意萝的脑袋，“他这里有问题吧？”

程意萝默默偏过头，绕开妈妈的手指。

“意萝啊，你交友一定要慎重，朋友的心智和行为，对你都是有影响的……”程妈妈又开始喋喋不休。

“哎呀，我得写作业了，今天作业好多。”

程意萝总算躲进了自己的房间，可是，她心里仿佛被一场海啸袭击过，再也平静不下来。

对姜湛，她说不清自己心里的感受。他看过了自己的日记，他是全学校……不，或者说，他是全世界唯一了解自己真面目的人。按理说，他是敌非友。可是，为了不让别人看到她的日记，他竟然那么冒失地就从三楼跳了下去，这显然是可以为她“搏命”的朋友啊！

姜湛，到底是敌是友呢？面对这个选择题，学霸程意萝再一次失眠了。

9

大概是八卦传播的力量过于庞大，校方感到了莫名的压力。第二天，全校学生都听了一场心理讲座。高一年级的学生被特意安排到了小礼堂。

骆珞跟程意萝咬耳朵：“这个做讲座的人就是姜湛的妈妈。”

说完，她自己又像小狐狸一样笑着，好奇地说道：“可是，他妈妈会不会觉得很尴尬啊！自己的儿子是事件的主角，自己却来给其他孩子做心理疏导，明显没有说服力啊！”

程意萝抿着嘴唇，没说话。关于姜湛跳到露台的真正缘由，她向谁都没透露。

其实目睹了事件发生过程的陈柘也为姜湛辩解过：“姜湛，他是……是……是去帮程意萝拿本子的吧？”

陈柘自己都不确定，毕竟这助人为乐的行为可太“勇敢”了。那个本子也许不是普通的课堂笔记？陈柘隐隐地猜测着。

姜湛却什么都没说。

然后，大家联系到他平日里的性格和行为，马上否定了陈柘的说法，冰山一样的男生，要是能这么热情地去帮助同学，除非他和程意萝的交情不一般。

说着话，有几个早熟的女生忽然低低地笑起来，笑容微妙。

“也许，他们俩的交情的确不一般呢！”

骆珞就坐在她们前面，她拍着桌子站起来，指着对方的鼻子说：“你把话说清楚啊，别含沙射影的，他跳下去是他自己的事，和我们意萝有什么关系？”

有人接道：“你们说，是不是那个本子里有什么不宜外露的秘密？”

程意萝握着笔的手抖了抖。

“有可能是姜湛和程意萝之间的秘密呢！”有人脑洞大开。

骆珞撸起公主衫的袖子。

陈柘忙打圆场：“哎呀，你们别乱猜，那个本子就是程意萝的语文笔记本。说起来，我也是程意萝的老同桌，她的本子我还是认识的。”说着，还不忘向程意萝求证，“哎，程意萝，你也说两句啊！”

那些热爱八卦的同学，这才想起来他们议论的当事人之一还在场呢。

人群有些安静，似乎都在等着程意萝开口。骆珞甚至有些急，三两步从座位上跳过去，扯着程意萝的胳膊说：“你的本子呢？给他们看看！免得有人背地里诋毁你。”

程意萝感觉自己的心跳加快了。

教室的门被大力地推开了，老杨脸色铁青地走进来：“像什么样子，叽叽喳喳的，这是自习课！不是菜市场！哟，骆珞，你上课还周游列国啊，回你自己位置去。”

骆珞吐吐舌头，一溜烟儿跑了回去。

姜湛从老杨身后走过来，在位置上默默坐下，懒洋洋地打开书，看也没看程意萝一眼，仿佛什么事都没发生过一样。

这件事，自始至终，程意萝一句话也没说。

她是最应该为姜湛辩白的人。

她和心里的“意萝2号”对望了好一会儿，她听见“意萝2号”说：程意萝，你还是像五年前一样自私又懦弱。

语气里满是失望。

程意萝对自己感到很失望。

五年前……五年前那件事发生的时候，如果她能站出来……

“十几岁的你们，从单纯天真到懵懂青涩，我想，即使你们走过的路途不算漫长曲折，但心里一定也或多或少地埋藏着种种情绪，如果你无法跨越它，它就是你的心结。”

裴曼的话打断了程意萝的思绪，将她拉回现实。

心结吗？她微微皱起眉，转头看看骆珞，却见骆珞眼皮微沉，已经在裴曼的声音里酝酿出了困意。

而讲台上的姜妈妈，看上去优雅极了，声音、语调都透露着温柔，温柔中又满是让人平静的力量。

程意萝有些失神，明明拥有这样让人温暖的妈妈，姜湛为什么看起来那么孤单又阴郁呢？

10

说起来，姜湛倒是要感谢这场沸沸扬扬的八卦。不明真相的校长并没有过多地苛责他，关爱代替了处分。倒是老杨心思缜密，对自己学生的了解还算深刻，不仅没有给予安抚，反而给了姜湛“一百篇作文”的惩罚。

程意萝这一整天都如坐针毡，总想找个机会向姜湛表达一下谢意，奈何姜湛并没有给她机会。两个人坐在一处，仍然如同陌路人一样。

她心里忽然有些恼火。

放学的时候，程意萝故意找了个理由和骆珞分开了。她在教室里磨蹭了好一会儿，直到姜湛离开教室，她敏捷地抓起书包跟在姜湛身后。

樱花已经落了，满地绯红的花瓣。花期短得令人来不及唏嘘。

高高瘦瘦的姜湛被夕阳勾画出长长的影子，程意萝快速挪动着小短腿，试图跟上他。有几次，她故意踩在他的影子上，竟觉得有些开心。

红灯。

姜湛在斑马线前停下来。程意萝躲在不远处的一棵樱花树后面。她其实一路上都在打腹稿，她想着等一会儿追上他，然后……说一声谢谢吧，最重要的是，还要提醒他保守日记本的秘密！

绿灯亮起的那一刻，程意萝还未来得及迈开腿，却见有人从另一个方向向着姜湛走过来。

“裴子柚？”程意萝微皱眉头。

裴子柚走到姜湛身边，似乎在说什么，两个人一起过了马路。她看不见姜湛的表情，但裴子柚那神态，却分明和姜湛很相熟一样。她来不及多想，急忙蹿过去。

一辆右转弯的车急急地在程意萝面前刹住，刹车声让人有些心惊。

姜湛没有回头，余光里瞥见那个女孩惊慌的神色，不觉敛了敛眼眸。

裴子柚自然是因为传说中的事件来和姜湛“偶遇”的，本来是蓄积了几句安慰的话，可是见了面，看着姜湛冷冰冰的面孔，他硬生生地把那些蓄积在舌尖的温暖驱散了。

“哟，这不是能飞檐走壁的超级英雄吗？”原本没有恶意的话语，配上裴子柚那副笑嘻嘻的表情，就显得有些冷嘲热讽的味道，

“明明是要帮同学捡本子，却被臆想成要跳楼，啧啧，白白埋没了一个学雷锋的好少年。”

裴子柚心里猜测姜湛应该也看过程意萝的日记了。

姜湛没理他。

“阿湛，拜托你做事情冷静一些，这么大的人了，别动不动就像小孩子似的。”裴子柚继续调侃着，见姜湛没什么反应，他索性快走两步挡在他面前，“我可不是因为关心你才说这些，毕竟……你是我唯一的……表哥！”

他特意加重了“表哥”这两个字。

“我姑姑就剩下你一个孩子了，希望你为了她，也不要拿自己的生命当儿戏。就算是要做好事，也要量力而行。”

裴子柚话音刚落，却见姜湛的脸色变了。裴子柚说完这句话，其实已经后悔了。

“哎呀，我不是要提起姜沁的事……”

他还没说完，姜湛一拳打了过来，裴子柚没来得及躲开，右肩膀挨了一拳。

“滚，我们家的事和你无关。”

裴子柚看着姜湛远去的背影，揉揉肩膀，苦笑了一下。他们两个人的关系总是这样，他明明想要示好，却总是笨拙地激怒对方。他叹口气，走向公交站台。

程意萝从一棵石楠树后面走出来，长长地喘了一口气，“意萝2号”惊讶地说着：程意萝，你是发现了什么天大的秘密吗？姜湛是裴子柚的表哥？

她来不及细想，向快要消失在街角的男生大步跑了过去。人呢？怎么走得这么快？程意萝气喘吁吁地向四周张望，怎么两分钟之内，姜湛就消失得无影无踪？她正兀自失望，身后猛地有个声音响起来。

“你跟着我干什么？”声音冷冰冰的。

程意萝被突然出现的姜湛吓了一跳，下一秒却突然笑起来，笑容有些不怀好意。她甚至忘了自己的初衷是要表达一下谢意，她凑近姜湛，笑得像只小狐狸：“姜湛，你和裴子柚关系不一般？”

姜湛看着她笑得像月亮一样的眼睛，脸上的冷漠淡了一些，却还是冷冷地问：“跟你有什么关系？”

程意萝大力地拍拍手，一惊一乍地说：“怎么没关系？你是他表哥？但是你们关系又不太和谐。我看你们两个是敌非友，彼此之间充满火药味。”

眼前的程意萝，和教室里的程意萝截然不同。

姜湛疑惑地挑挑眉。

程意萝继续游说道：“俗话说，敌人的敌人就是朋友，就冲着你和裴子柚关系不太好，我交定你这个朋友了。”

颇有些江湖气嘛，哪里像是人前乖巧温柔的程意萝？

“你的敌人是……裴子柚？”

“废话，你不是看了我的日记吗？P就是pei的P啊！你以为是谁？”

程意萝大大咧咧地回应他，第一次这样明晃晃地把心里的秘密吐露出来，竟然这样轻松。

姜湛忍着心里的讶异，继续保持淡定：“我为什么要和你交朋友？”

“因为……我们是同桌啊！你看，你为我出生入死去捡日记本，还不惜损害自己的利益去保守我的秘密，这就是朋友啊！所以，我也得为你做点儿什么。”说着，程意萝迅速从书包里掏出一张纸，“来，我们签个朋友互助协议吧。”

这场景真是有些似曾相识呢。

姜湛的眼神暗了暗。

那一年，姜沁才上小学一年级，有一天写数学题写到崩溃，扯了一张算草纸就来找姜湛谈合作："哥哥，我们谈个合作吧，你帮我写数学题，我帮你吃胡萝卜。"

小时候的姜湛挑食，尤其讨厌胡萝卜，姜妈妈怕他营养不均衡，总是会做胡萝卜炒蛋给他吃。

那一年的姜沁，多么让人怀念。

"你说说条件。"姜湛鬼使神差地接了程意萝的话。

"这样……"程意萝蹲下来，开始在纸上勾勒协议的框架，"第一，你帮我保守日记本的秘密。第二，你帮我探听裴子柚的学习计划。我呢……"

程意萝故意卖了个关子，清了清嗓子，才慢悠悠地说道："我帮你完成老杨的惩罚。"

一百篇作文，一天一篇，刚好写到学期末。

这诱惑确实很大。程意萝才不相信姜湛会拒绝呢。果然，只见姜湛沉默了一会儿，言简意赅地说出了一个"好"字。

程意萝得意地在纸上签下自己的大名，然后递到姜湛面前。

姜湛有些无语，只见第一行龙飞凤舞地写着几个大字——新同桌时代互惠共赢合作协议。

他草草地签上自己的名字，有一种从前陪姜沁玩过家家游戏的感觉。

程意萝满意地收起那张纸，像宝贝一样放进书包，嘴里还不忘唠叨着："一式一份，我来保管。"

他以前怎么没发现她这么唠叨呢？难道，这就是日记本里的她？他忽然对那个绿色的日记本产生了好奇。

“哎呀，我要回家了。”目的达成，程意萝懒得再浪费时间，她还要回家做卷子呢。

程意萝向着地铁站跑去，跑了几步，又想起什么，急忙回头喊道：“谢谢你，姜湛。”

她如释重负，到底还是说出了这一声谢谢。

姜湛低低地回了一句：“你真幼稚，程三岁。”

可能，只有路过的风听见了这一句。那风温柔地在他鼻尖触了触，他打了个喷嚏。

心情，好像还不错。

Di-san Zhang

第三章

是朋友吗？是朋友吧

仙人掌长出芒刺，因为沙漠里缺少水分；我对世界竖起敌意，因为心里曾被刻下伤口。

对少年来说，虽然经历浅薄，但总会有挟着沙石的风在迎面而过的时候留下或深或浅的痕迹。

别怕！那些伤口里的沙砾，可能是伤口难以愈合的缘由，也可能，是珍珠的最初。

记得绿罗裙

1

姜　沁：

我该怎么形容程呢？

我明明和你说过她许多的缺点，可是，我在她身上反复看见你的影子，闪着小小的光芒，也璀璨，也动人。

或许，人和人之间是很容易产生偏见的吧。

我现在几乎可以确定，程是一个住在壳里的人。像我一样，用一个外壳套住真实的自己。她的壳是乖巧得近乎呆板的女学霸，藏在壳里的却是一个更有血肉、更真实，也更调皮的小女孩。

在她面前，我隐隐暴露了一些自我，不由自主的。

她说：很高兴和你做朋友。

可是姜沁，我需要朋友吗？这令我有些忐忑。

——来自“姜湛日记”

雨季显然来得早了一些，一大早就淅淅沥沥地下个不停。

程意萝出了地铁，正要把伞打开，就见骆珞从路边的一辆车里探出头：“意萝，上车，我等你好久了哟。”

程意萝照例一脸感动，熟练地组织了语言，让赞美与感谢之词显得真诚又自然。骆珞自然十分受用，美滋滋地开始讲述昨晚的梦。

“我昨天梦见我们去看演唱会，你猜是谁的？”骆珞一掌拍在程意萝的大腿上，“没错，就是W的，然后，到了互动环节，你猜发生了什么意想不到的事？”

程意萝配合地做出好奇的表情。

“没错，幸运儿就是我，一束紫色的光芒落在我身上，我被选为幸运嘉宾，可以和W同台演唱一首歌，还好我穿了白色的公主裙，特别适合站在舞台上……”

“意萝2号”叹着气。她才不喜欢听那些甜腻腻的梦，满是梦幻与浪漫的气息。

车窗外的植被在雨中格外苍翠，这是意萝接纳这座南方城市的原因之一。绿色，总是让人觉得平静。

忽然，有个人影跳进视线。

“是姜湛啊！”程意萝下意识地喊了一声。

骆珞根本没有向车窗外看一眼。而说话之间，他们的车已经超过了姜湛。意萝向后张望，姜湛没有打伞，斜斜地背着书包，校衫明明都湿了，脚步的节奏却依然懒洋洋的。

“我们……”

她有心让姜湛搭车，忽地想到骆珞对姜湛的态度，后面的话没有说出口。可是那一路，她都在担心着那个雨中独行的男生。

“意萝，离月考可没几天了，你这个同桌还是赶快换掉吧，你这种好学生会被坏学生打扰的。”骆珞又开始喋喋不休。

车子快到学校了，骆珞这才意识到程意萝竟然都没怎么回应关于换同桌的这个话题。

学校旁边有一间便利店，下了车，骆珞拉着程意萝去买奶茶。

“这种天气，喝一杯热奶茶是最好不过的。”

程意萝看看骆珞快要挤破公主裙的腰身，没说什么。往日里，她是会拒绝骆珞的好意的，她不喜欢喝奶茶，程妈妈从小教育她要少吃高热量、容易发胖的垃圾食品，巧克力除外。

可是今天，程意萝迟疑了一下，点了一杯原味奶茶。

淋了雨的人，最适合喝一杯热饮驱寒。

2

浑身湿漉漉的姜湛在路人各色的目光中走进了教室，他早就习惯了做大家眼里的怪人。

淋雨没什么不好，除了会感冒。他出门的时候，妈妈已经去工作室了，他翻了好一会儿，不知道家里的雨伞放在哪儿了，索性就这么淡定地淋着雨走到了学校。

似乎，他已经习惯了没有伞的日子。因为，那个为她打伞的人再也不会回来了。

记忆中的下雨天，他总是会打一把大伞去幼儿园接姜沁。小小的姜沁，像小猫一样趴在他的肩头，却努力地把伞举起来，然后在他耳边轻声细语地说："哥哥，你不要被雨淋到哦，会感冒的。"

其实那条路并不算长，从幼儿园到停车场而已，妈妈会站在车前，笑眯眯地给他们打开车门，然后用干毛巾仔细地擦掉他们脸上零星的雨点。那个时候的妈妈，是那样温柔。

妈妈生下姜沁的时候就曾经告诉他："相互陪伴，是爸爸妈妈送给你们的礼物。"

像洋娃娃一样的姜沁，是他收到的最温暖的礼物。

后来，他总是想问问妈妈，为什么要把送出去的礼物收回去，为什么毁灭了她？那些话，可能会太残忍，他始终没有问出口。

程意萝已经在座位上专注地学习了。姜湛的视线淡淡地扫过她的身影，然后才注意到自己桌上放了一杯奶茶。他理所当然地认为是程意萝的，他把奶茶向程意萝的方向挪了挪。

女生安安静静的，一如人前的她一样，却突然飞快地递了一张纸过来。

他听见她低低的声音："这是第一篇，你自己抄一遍。"

娟秀的字迹，和她日记本扉页上写的一样。

姜湛没说话，倒是没像往日里那样到了学校就打瞌睡。他愣怔地坐了一会儿，然后拿出作文本。他忘了自己身上是湿的，头发上的水珠落下来，把程意萝的字迹洇湿了一片。

他重重地打了一个喷嚏。一张小字条在桌上动了动。

姜湛这才发现，那张字条是随着作文纸一起被程意萝递过来的。

嗨，朋友，奶茶买错了口味，为了避免浪费，能帮我喝掉吗？

姜湛看看字条，又看看奶茶。只见身旁的女孩小手一挥，一块手帕又飞快地被放在了他的桌上。

他扭头看看程意萝，偏偏程意萝目不斜视，仿佛生怕被谁发现自己的举动一样。

他微皱着眉，她这种有一点点亲近又有一点点嫌弃的表情真是让人哭笑不得。

程意萝用余光看了看身边像木头一样杵在座位上的姜湛，有些恼火，这家伙真是木头做的吧，身上湿淋淋的，也不怕长出木耳。

她飞快地又递过去一张字条。

淋雨会感冒的，你是不是傻？

姜湛盯着字条看了几秒钟，拿起手帕象征性地擦了擦手，然后握着奶茶杯“咕噜噜”地吸了一大口。

握着杯子的手心，热乎乎的。

女孩好像笑了。

他有些不自在，脸色又深沉了几分。

3

每天一篇作文，对语文成绩非常优秀的程意萝来说，根本不是什么难事，只不过多花一点儿时间而已。但是时间是多么宝贵啊，所以程意萝委婉地向骆珞表示，最近要为了月考冲刺一下，不能花费太多时间在路上。

嗯，既不用陪着娇滴滴的骆珞在路上浪费时间，又能利用坐地铁的时间酝酿出一篇作文。“意萝2号”对这个安排满意极了。

骆珞可就不高兴了。

“意萝，你最近都没怎么和我玩儿。”

体育课的自由活动时间，骆珞闷闷不乐地把手里的毽子踢出去。

“胡说，我们现在不就在玩嘛！”

程意萝温柔地笑着，一个箭步蹿出去，身手敏捷地把毽子又踢给骆珞。却不想，半路突然又蹿出一个陈柘，一脚把毽子拦截了。

骆珞抗议道：“陈柘，你别捣乱。”

陈柘笑着：“一起玩呗，大家都是相亲相爱的好同学。”

“去去去！谁和你相亲相爱？男生都在打篮球呢，你别到我们这儿来凑热闹。”骆珞挥挥手。

陈柘故作弱不禁风状，虚弱地叹口气：“唉，咱班和五班在打对抗赛，哪有我上场的份儿？”

骆珞眼前一亮：“五班？”说着，她也顾不上去捡掉在面前的毽子，拉着程意萝就往篮球场跑，嘴里兴奋地说着：“我怎么忘了，今天五班也有体育课。”

骆珞对篮球赛才没有兴趣，但是，只要有篮球赛，那么场上一定有裴子柚啊！

等她们来到篮球场，球赛早就热热闹闹地开始了，场外围满了看热闹的同学，哪还有她们的位置。骆珞不管不顾地往里面挤，惹得身旁的人一通抱怨。骆珞回身把程意萝也拉过来，程意萝倒是脸色讪讪的。

“哇，裴子柚，好帅啊！”骆珞嘴里喊着。

身边的同班同学再次白了她一眼：“骆珞，你是想投敌吧？”

骆珞吐吐舌头，尽量控制自己的情绪，眼神却始终热切地追随着裴子柚跳跃的身影。

裴子柚撩了撩头发，场外响起阵阵尖叫。

程意萝被阳光刺得半眯着眼睛，心里暗诽：“打个球而已，耍什么酷！”

眼看着队友把球传了过来，裴子柚却在关键时刻打了个大大的喷嚏，这稍一松懈的间隙，球被对方拦截了。

双方观众都对此感到意外，场面一时安静，程意萝却下意识地笑出声来，笑声显得有些突兀。裴子柚刚好转过头来，视线落在表情略显张狂的程意萝身上，忽地想起程意萝在日记里对自己的腹诽，心想她可是真得意啊，忍不住也笑了一下。接下来，原本不算太卖力的裴子柚，却突然在球场上爆发了超人的球技，接连几个篮板，五班的队伍爆发出阵阵欢腾声。

程意萝撇撇嘴，她隐隐觉得裴子柚对自己笑了一下，笑容颇有些示威的意味。

看见裴子柚进球，骆珞是六班观众里情绪最亢奋的，但是又不好表现得太明显，只好用两只小肉手紧紧握着程意萝的胳膊。程意萝觉得自己的胳膊都快要被她掐青了，真受不了裴子柚这位狂热的粉丝。

她有些意兴阑珊，漫不经心地向远处看，却看见离球场不远的地方，姜湛孤单地躺在红色的塑胶跑道上。

在午后炽热的阳光里，那个男生就像……就像一个傻子！谁会平白无故地躺在跑道上晒太阳呢？整个学校都找不出第二个人了。

一个孤单的傻子，她忽然这样觉得。

程意萝趁着骆珞扬手欢呼的间隙，悄悄地退出人群。她沿着跑道小跑了几步，装作偶然经过姜湛的样子，问道：“你不热吗？”

姜湛似乎并没有意识到她的存在，眼睛闭着，睡着了一样。

她只好继续往前跑。跑过第二圈的时候，她再次经过他面前：“喂，姜湛，你不舒服吗？”

他依然无动于衷。

明明很关心他，却不敢停下来靠近。你真虚伪。“意萝2号”揶揄她。

是啊，她怕被人看见。程意萝咬咬牙，继续跑下去。跑到第三圈的时候，她正要放慢脚步和姜湛说话，陈柘那小子也不知从哪儿突然蹿了出来，嘻嘻哈哈地跟着她一起跑了起来。

“哎？程意萝，你这么热爱锻炼呢！不错，跑步多好，比在篮球场上当花痴强多了。”

程意萝斜睨了他一眼，以前怎么没发现陈柘这么唠叨？

陈柘跑了一会儿，就开始“呼哧呼哧”地大喘气，然后停下来，冲着程意萝的背影摆摆手。

“真是弱不禁风的男子汉！”程意萝撇撇嘴。

篮球场上响起惊天动地的欢呼，五班赢了。与此同时，下课的铃声响了。人群作鸟兽散，姜湛也不知几时站了起来，消瘦的背影慢慢混进人群里。程意萝弯着腰，累得大口喘着气。

突然，一个篮球猛地砸到她身上，她躲闪不及，一下子坐在地上。

“哎呀，同学，不好意思，打到你了吧。”

程意萝抬头，对上裴子柚那双似笑非笑的眼睛。

“咦？这不是程小萝吗？”

“程意萝。”

程意萝冷冷地纠正了他一声，然后麻利地站起来，昂首挺胸地走开了。不能输掉气势，她心里想着，却又忍不住皱眉，屁股真疼，差点儿摔到尾椎骨。

裴子柚扬起手里的球，眼里有光芒一闪而过。

他知道她做了什么，她离开篮球场，在操场上跑了三圈半，每次经过姜湛的时候脚步的节奏会刻意放慢。

她真是……欲盖弥彰。

4

一转眼，程意萝已经交给姜湛十篇作文了。

而本学期的第一次月考也无波无澜地结束了。程意萝的梦仿佛先知一样，这一次，她再次屈居第二名，落后裴子柚0.5分。她真是不甘心。

姜湛却丝毫没能给予程意萝任何关于裴子柚的情报，程意萝有些沉不住气。

自习课上，她递过去一张字条：**情报呢？**

姜湛瞥了一眼字条，没有给予任何回应。

教室的门忽然被人推开，教导主任走进来，笑眯眯地说："大家冷静，例行检查。"

人群一阵骚动。

胖胖的教导主任站在讲台上，声音极其温柔："都不要冲动，三思而后行。手都放好，谁要是动了，我在这里可是一目了然，你会成为我重点检查的目标。"

教室里响起此起彼伏的叹气声。

这种把戏会不定期地上演，完全没有时间规律，所以往往在大家放松警惕的时候，就被抓了现行。教导主任的突袭目标主要是课外书、手机。

程意萝觉得后背凉飕飕的，手心里一下子沁满了汗。

她的英语书下面放了一本最新的漫画书。程意萝虽然有争分夺秒学习的好习惯，但是“意萝2号”有一个最大的爱好就是追某套漫画，偏偏那个作者更新速度太慢，一年最多更两册，害得她从初一一直追到高一。

姜湛忽然打了一个大大的哈欠，声音足以把全班同学逗笑，教导主任霎时把目光射向他。程意萝恨不得在他身边消失。这家伙不会是故意的吧？

“姜湛啊，你又困啦？”教导主任对姜湛的爱好了如指掌，人群中又爆发出笑声，“站起来清醒一下。”

姜湛慢悠悠地站起来，一脸没睡醒的样子，身体忽然向着程意萝趔趄了一下，左手下意识地去扶桌子，一不留神碰掉了桌上好多书。程意萝的心“咯噔”一下提到了嗓子眼。她桌上的英语书和漫画书也被碰到了地上。

姜湛不慌不忙地蹲下身去捡，慢悠悠地把地上的所有书都收进了自己的桌洞里。然后，他起身站好，态度终于端正起来。

教导主任满意地点点头，信手翻了翻他和程意萝桌面的书，就越过他们向后面走去。只几分钟的时间，教导主任成绩颇丰，满意地抱着一摞课外书和三部手机离开了教室。教室里面一片哀号。

程意萝仍旧呆呆地坐着，一时不知该做何反应。却见姜湛忽然不动声色地把她的两本书扔了过来。她慌忙收好，生怕被人看见。

*你知道我在看什么？*小字条再次被传过去。

姜湛斜睨了她一眼，她挤出一抹讨好的笑容。

啧啧啧……“意萝2号”忍不住佩服自己的决策，化敌为友是多么正确的决定，关键时刻，朋友总是会迎难而上。

谢啦，朋友！情报嘛，允许你延期三天。

程意萝补充了一句。

朋友。姜湛心里有个声音，把这两个字反反复复地咀嚼着。

他很久没有朋友了。

5

姜湛微微弓着身，走进阁楼的小房间。

这是裴子柚的地盘，他并不经常上来。但是他喜欢那扇小小的窗。此刻窗外夕阳渐渐落下，推开窗可以望见远处一座建筑上微黄的灯光。

那是黄鹤楼，“黄鹤一去不复返”的黄鹤楼。姜沁曾经在信里说，她住的地方也叫“黄鹤楼”，在她的黄鹤楼里，有三个可爱的小女孩，是她的新朋友，是她在孤单的北方遇到的珍贵的温暖。姜沁也曾那么幸运，他也曾因此欣慰。即使姜沁已经离开这世界，姜湛仍梦想着有一天去北方看看，看看那座“黄鹤楼”，看看那三个女孩子。

他靠着阁楼小小的窗口，久久凝视着黄鹤楼的灯光。天色越暗，灯光越显明亮。孤单与悲伤越深沉，陪伴与温暖才越珍贵。

阁楼里有一面旧书架，放的都是裴子柚小学时代的书，另一侧，是被遗忘在时光里的玩具。裴子柚每次来都会把阁楼打扫一遍，因此即使长久无人居住，这方小小的空间仍然显得干净整洁。靠着书架有一个墨绿色的旧沙发，小时候的裴子柚大概很喜欢窝在那个沙发里看书，经年累月，沙发的皮质已经有些斑驳。

姜湛走过去，在沙发上坐下来。

六七岁的时候，在他的手受伤之前，他和裴子柚的关系是非常要好的，每次来外婆家，他们兄弟俩就挤在这小小的沙发上一起看一本书，或者，两个人在阁楼里玩枪战游戏。小小的姜沁拖着大鼻涕，在门外拍着门，口齿不清地喊着他们。

他们是从什么时候开始变得陌生的呢?

姜湛缓缓地举起自己的左手，迟钝地屈伸了一下戴着手套的手指。

那年，他们大概八岁吧。姜湛一家还住在江城附近的一个小镇里，说是小镇，其实相当于爸爸工厂的家属区，住户多是厂里的职工。小镇依山傍水，比城市令人舒服。暑假的时候，裴子柚总是要求去姜湛家度假。那年夏天，自然也不例外。

午后最热的时候，姜湛和裴子柚钻进邻居家的柴房，小小的姜沁也寸步不离地跟了进去。表面文静的裴子柚私底下比姜湛还调皮，对乡下的一切都感到新鲜，兴冲冲地拿了根木头要做钻木取火的实验。可是他又没耐心，眼见着姜湛的双手都磨红了，他一回头也不知道从哪里淘了一盒火柴。小小的木棍被点燃，像小火把一样，落在三个小孩的眼里，像熠熠生辉的星光。

然后，一场火灾就此被引发。那些干树枝和苇草燃烧的速度，远远超出他们的想象。男孩们的第一反应不是逃跑，而是救火。着火了，大人们会打烂他们的屁股。他们学着电视里的样子，拿着树枝去扑火，火却越烧越大。

姜沁在烟火之中尖叫着大哭起来，眼见一根燃着的树枝要掉到她身上，姜湛猛地推开妹妹，那一刹那，他下意识地伸手去挡树枝，左手背立时传来灼心的热度与疼痛。

大人们迅速赶来，把他们拖出柴房。

那场不大不小的火灾，烧毁了半个柴房，烧死了一只被养在柴房里的小奶狗。姜湛的手被包扎起来，像一只白胖的粽子，手背还是会有痛感。卫生所的医生说好在只是皮外伤，也许会留个疤。姜沁难过极了，怕哥哥变得不漂亮，姜湛才不在乎呢，男孩子有疤才威武。

可是，当妈妈带着他们从卫生所回家的时候，爸爸一个巴掌就打了过来，一向温文尔雅的爸爸第一次发那么大的火，打得他耳朵里嗡嗡作响。因为裴子柚告诉大人们，是姜湛点的火，是姜湛提出来的玩火的主意。

姜湛惊讶极了，他辩解着，却没有人肯听他的话。和他相比，从大城市里来的裴子柚看起来比他更乖巧，白白净净的裴子柚当然不会想出玩火的主意。姜湛去拉裴子柚，让他说出真相，裴子柚却嗫嚅地看着他："是阿湛带我们玩火的。"

只有小小的姜沁，奶声奶气地维护着姜湛："不是我哥哥，不是我哥哥。"

没有人相信他们。

当天晚上，舅舅连夜赶过来把裴子柚接了回去，生怕宝贝儿子再遇到危险。裴子柚自始至终没有说出真相。

兄弟俩的情意也从那一场不大不小的火灾开始，淡了下去。

那场火灾，不仅烧毁了他们的友谊，还令姜湛的左手留下了难以治愈的后遗症。他的左手不会动了，尽管医生检查看不出骨头的毛病，但是他的手指怎样都不能再屈伸。最后，医生只好诊断为应激反应，也许随着时间过去，会慢慢康复。

姜湛盯着自己的黑手套，苦笑了一下，从沙发上站了起来。尽管不情愿，他还是要履行承诺，去帮程意萝打探情报。

6

裴子柚的家也在附近，但是居住环境明显要好许多。

姜湛硬着头皮敲了敲裴家的门。他手里提着一箱进口牛奶，是妈妈昨天晚上带回来的，嘱咐他抽时间给裴子柚送去。作为一名业内著名的心理咨询师，她仿佛从来不曾了解过儿子的心理，姜湛觉得这颇有些嘲讽的意味。她并不关注姜湛为什么和裴子柚关系冷淡，她也不在意几天之前姜湛曾经被舅舅打了一个大耳光。

所以，没有人能理解姜湛此刻站在裴家门外的心情，明明不想靠近……

“舅妈。”门开了，姜湛喊了一声，把手里的牛奶递过去。

开门的人是裴子柚的妈妈。如姜湛所料，这个时间，舅舅还没下班。舅妈倒是热情，忙把姜湛让进屋里，转身去冰箱里拿饮料。

“阿湛，你好久没来了呢，今天留下吃晚饭啊！”舅妈看着和儿子一般大的姜湛，眼里闪过一丝怜悯，“小柚放了学就去打球了，不过也快回来了，你先坐一会儿。”

虽然姜湛不爱说话，倒也没像从前那样放下东西就走。这微小的变化让裴妈妈高兴起来，急忙系了围裙去厨房里忙碌，想着给姜湛多加几个菜。姜湛慢悠悠地踱着步，貌似漫不经心地进了裴子柚的房间。

他来过舅舅家几次，像客人一样，从来没有过太长的停留。这好像是他第一次进裴子柚的房间，十平方米左右的小空间，卧室兼书房，书架占据了一面墙的位置。裴子柚看的书还真是多，他迅速扫了一眼书架，相对来说，学习类的内容占的比例相当小。书架的隔板上有一些小摆件，是他这么多年去旅行带回来的纪念品。读万卷书，行万里路，裴子柚的人生真是精彩。他自嘲地笑笑，视线落在一个粉色的蝴蝶结发夹上，有些鄙夷，裴子柚竟然喜欢女孩子的东西。

裴子柚的书桌不大，但是收拾得井然有序，书桌一角摆着几套试卷，大约是裴子柚常做的复习资料。姜湛看看门外，镇定地拿出手机，把那几套试卷的封面拍了下来。然后，他谨慎地把所有试卷放回原位。

姜湛的手在半空中停滞了一下又缓缓落下，食指轻轻摩挲着桌面。在书桌厚厚的玻璃板下，有一张巴掌大小的照片。照片上的三个小孩笑得像花一样，那是十年前的裴子柚、姜沁和他。

姜湛的手指轻轻划过姜沁的脸，他敛敛眉，还是果断离开了房间。

"舅妈，我回去了。"他礼貌地和裴妈妈打了个招呼。

"怎么这就走？留下吃饭吧，舅妈买了新鲜的藕带，我记得你最爱吃这个。"

姜湛心里涌起一丝淡淡的暖意，很久没有人在意他喜欢吃什么。

"阿湛。"裴妈妈拉着姜湛的胳膊，"你舅舅这个人，平日里都是好的，只是喝多了酒会不清醒，难免让你受委屈，你不要往心里去。大人有大人的难处，他一直郁郁不得志，工作上不如意，家里的经济状况常常让他焦虑……但是，你放心，他其实是心疼你们母子的……"

四十多岁的女人，说着说着眼圈有些红了。

姜湛只低低地"嗯"了一声，赶快穿上鞋子离开了。别人家的温暖，是不属于自己的，不要去向往，更不要贪恋。

出了门，没走几步，就看见裴子柚拍着球晃晃悠悠地从远处走了过来。他硬着头皮过去，也没想着要打招呼。不料，裴子柚并没有说什么，只专心地练习带球慢跑，竟如同没有看见他一样。

两个人在路灯下默默擦肩而过。

7

裴子柚进了门先是冲了个澡，然后才慢悠悠地坐在书桌前。他拿起那一摞试卷，嘴角微微上翘，然后，毫不在意地把那几套卷子甩到书架角落里。这几套卷子是开学之初爸爸买回来的，裴爸爸看不惯他在家里吊儿郎当不努力学习的样子，胡乱买了好多卷子给他做。其中这几套简直是他见过的最没水平的试卷，题目难，又偏离重点，并不适用于平日里的复习。他连碰都没碰过。

姜湛应该记住这些卷子的标题了吧？他耸耸肩。

然后，裴子柚从书包里翻出一封信，粗粝的牛皮纸信封上写着他的名字。几天前，不知道谁把这封信扔在了他们班的教室门口，班里的同学看见信封上的名字把信给了他。里面的信纸上只写了一句话：程意萝让姜湛打探你的学习情报。

信息量很大!

裴子柚原本是不信的，可是姜湛竟然真的来了。

他现在只想知道，这个写信的人是谁呢?

Di-si Zhang

第四章

746路公车上的男孩女孩

希望与失望像是双生花，就像成功与失败总是会微妙而尴尬地碰面。

人生总是这样，因为有向往，就必然会有难过追过来。但是，夜色里的赶路人，谁会因为畏惧黑夜，就不去勇敢地追逐太阳呢？

少年的你，敢不敢为了未知的明天而全力以赴呢？

记得绿罗裙

1

天气已经热了起来，游泳馆闭馆的时间延时了，作为游泳队的金牌教练，老程每晚的工作排得满满的。因此，每天的晚饭，只有程意萝和妈妈一起吃。

因为要多写一篇作文，她每次吃饭都匆匆忙忙的，这一天也不例外，放下碗筷就奔着书桌走过去。

程妈妈似乎叹了口气。程意萝听得不太真切，也没太在意。

“意萝，今年的生日怎么过？你听骆珞提过吗？”程妈妈追问了一句。

“妈，我生日还早着呢，还有两个月呢。”程意萝已经掏出了草稿本。

她才不期待生日呢，每年都要和骆珞一起办生日会，做主角的却分明是骆珞，她心里厌倦极了。

程妈妈兀自盘算了一会儿，两个月啊，时间太久了些。今年经济不景气，公司隐隐有裁员的传闻，她必须尽快做好手里的项目，否则别说是升职了，能保住工作都有些难。她有心去找骆珞爸爸帮忙，但贸然开口总是显得突兀，要是生日会能早一些办就好了，大家在开开心心的气氛里随意聊聊，骆珞爸爸也许会主动伸出援手。

“要不然……哪天我们和骆珞家聚一聚吧，好久没一起吃饭了。”程妈妈思忖着。

她平日里是不太喜欢两家人聚在一起的，尤其是看着自己男人和骆珞爸爸坐在一处，怎么都觉得心里不平衡。

“我天天都和骆珞一起吃午饭，有什么好聚的？”程意萝嘟囔了一句。

程妈妈只想着自己的心事，也没理会程意萝的态度。隔了好一会儿，她才站起身，开始如常地收拾厨房、整理房间。

程意萝飞快地写完了作文，准备开始正式做今天的作业，只听杂物间里传来妈妈的咆哮声。她的心里“咯噔”一声。

“程意萝，这是什么？”

满满一箱子的漫画书被摔在了地上，有二三十本，是程意萝多年来节衣缩食的珍藏。杂物间里有很多旧物，程妈妈平日里几乎是不动它们的，程意萝一直利用那个位置来放漫画书，稳妥又安全。

程意萝张着嘴，大脑一时空白，不知该如何解释，最后干巴巴地说了一句，“这是我小时候的。”

“小时候？一年前是你小时候？”程妈妈翻着一本书，指着出版日期质问她。

“程意萝啊程意萝，你说说你为什么每次考试都拿不到第一名？你看看你把心思都放在哪儿了？你的水平也就只配看这么幼稚、低级的漫画书！”程妈妈说着开始动手撕那些书，嘴里还恨恨地数落着，“我辛辛苦苦赚钱养你，自己不舍得吃不舍得穿，你就这么挥霍我的血汗钱？你看看，这么一本薄薄的破书就五十多块钱？你倒是真会花钱啊！”

“妈……妈妈……不要撕，这是签名版的。”程意萝看着妈妈手里的动作，心疼极了，连忙伸手去拦她，慌不择言地说：“妈，这些其实是……是骆珞的。”

对，“意萝2号”慌张地想，用骆珞来当挡箭牌一定会没事儿的。

“骆珞？好啊，你这就给骆珞打电话，我要亲自问她。”程妈妈说着把手机递过来。

见程意萝迟疑，她更笃定女儿在撒谎。青春期真是如传说中一样可怕，果然，连一向乖巧懂事的女儿都开始对她说谎了。从这些书的出版年份来看，起码有一些是程意萝几年前买的。她最心痛的，不是女儿看课外书，也不是女儿说谎，而是一手养大的孩子丝毫不能了解父母的苦心，不能体谅父母的艰难。

种种心酸一时间汇聚心头，程妈妈的情绪彻底崩溃了。

程意萝忘了哭，她的身体开始不由自主地发抖。眼前的妈妈又变成了怪兽，变成了情绪失控、言语暴力的怪兽。她无法在日记里描述妈妈那些失控的语言，它们像匕首一样，挣脱一个知识分子的外壳，一把把锋利地刺向她。

妈妈从来不打她，但是妈妈的语言暴力比拳打脚踢更可怕。

她默默低着头，温顺地靠墙而立，双手努力地握成拳，用以减轻身体的颤抖。漫画书一本本被撕碎，杂物间里弥漫着尘土飞扬的味道。每一本书都是她的童年回忆，是她成长路上为数不多的小美好。

这场暴风雨总会过去的，她心里默默数着数。

妈妈该哭了。“意萝2号”麻木地说着。

果然，发泄完的程妈妈似乎再也没有力气动手，她坐在沙发上开始哭，像以往每一次“暴风雨”特有的规律一样，她开始陈述自己这么多年独自养大程意萝的辛苦。

然后，她会把自己关起来。“意萝2号”继续喃喃。

像编辑好的程序一样，程妈妈抽泣着，回到卧室，关上了门，其间再没有看过程意萝一眼。

程意萝蹲下来，开始收拾地上那些碎纸片。那些已经破碎的书页，是一个女孩被撕碎的彩色的梦。

程意萝，你不想成为一个单纯的没有任何爱好的学习机器。“意萝2号”对自己说。

我不想。她喃喃地重复着这三个字。

眼角终于有泪水流出来。

程意萝很久没哭过了。

2

空气里已经有了夏天的味道，今年的春天真是短暂，蔷薇在夜色里怒放着，蔷薇季是初夏的开幕式。

程意萝也不知道自己麻木地在街头走了多久。

或许，她从来没去想象过一个成年人的内心世界，她不能对父母的压力感同身受。但是，他们又何尝了解过一个少年的内心世界？从小孩过渡到大人的这段路途上，她的喜怒哀乐，她的勇敢与恐惧，他们又关注过多少呢？

等到程意萝走得小腿酸痛，她才意识到，自己不知不觉来到了爸爸工作的游泳馆旁边。

落地窗里面灯火通明，蓝色的泳池比白日里更显温柔。

远远地，可以看见爸爸在泳池一角带着学员游泳的身影。似乎是心有灵犀，老程偶一抬头，看见了玻璃窗边纤瘦的身影。

他扬扬手，心里叹口气，那小孩儿……看起来不太开心啊？

客人已经越来越少了，最后一个学员也下课了。老程揉揉女儿的头发，什么也没问，只是拿了泳衣给她，然后自己去换衣服。在对待女儿的问题上，他远比妻子更细心。女孩长大了，她必须找到一个可以化解自己情绪的方式。

程意萝换了泳装潜进深夜无人的泳池里。

水面荡着柔波，那些微小的波浪，温柔却有力量。她只管机械地向前游着，在潜进水里的时候，那是一个完全静寂又自在的世界。在悲伤的时候，水底是她最爱的庇护所，就算流眼泪，也不会被人看见。

她是在泳池里长大的，她常常觉得自己前生可能是一条鱼。爸爸甚至动过让她走专业游泳的念头，可是被妈妈早早地遏止了。在妈妈看来，当运动员？那是学习不好的孩子才会去选的出路。

程意萝，你从来没有选择做自己的自由。“意萝2号”说着。

她深吸一口气，猛地潜进更深的水里。

然后，周围有水流波动，有人游过来，一把抓住她的手，将她拉出水面。程意萝差点儿呛到水，用另一只手抹了抹脸，险险地在水里立住。她第一眼看到的是抓着自己的那只手，那只手骨节分明，被水泡得有些发白，手背却有大片红色的痂痕，在白色的日光灯下，尤其显眼。

程意萝猛地抬起头，眼前的人可不正是姜湛吗？

而姜湛也显然有些诧异，他没想到自己从泳池里“捞”出来的这个人会是程意萝。或许是她潜进水里的时间太长了，让他误以为她在水底发生了危险，因此想也没想就游了过来。

“你……你有事吗？”程意萝故作淡定地问道，好在湿漉漉的一张脸，根本让人分辨不出眼泪的痕迹。

“没事。”姜湛忽然意识到自己误会了，眼前的女孩显然水性不差。

他面无表情地松开手，一转身，向着泳池另一边游过去。

程意萝看了一眼他划动的左手，紧紧跟了过去。姜湛速度快极了，似乎想摆脱尾随他的这个女孩。程意萝轻哼一声，双腿用力，奋力追了上去。

程爸爸已经换好了便装，站在二楼的看台上，满眼放光，忍不住啧啧赞叹：“两条鱼啊！”

然后，他眼见着自己家那条鱼狡猾地向男孩的方向偏了一下，男孩条件反射地闪开了。程意萝因此领先一步，率先触到了泳池的墙壁。

“犯规！”程爸爸轻喝一声，嘴角却快要咧到耳朵根。

手机响起来，他皱着眉，果然，手机里传来的是妻子的咆哮和哭诉。

“是的，意萝来我这儿了。”程爸爸平静地说着，“你不要急了，我晚一点儿带她回去，你自己在家里也平静一下，孩子大了，你也要学会尊重她。”

他温和又机械地安抚着电话那一端的妻子，眼见着女儿像小尾巴一样追着那男生跑，他不禁轻轻笑了一下。

“你笑什么？这种情况你还笑得出来？”妻子声音尖锐起来。

“哦，没什么。”他慢条斯理地说着。

3

姜湛跳出泳池，拿了条浴巾就向淋浴区走，走了两步忽然觉得有人扯住了自己的浴巾。他回头，看见程意萝湿漉漉的一张小脸。雪亮的日光灯底下，她那双弯月一样的眼里没有一点点笑意，也不见了星光。她的眉头微微蹙起，嘴唇紧紧地抿着，看上去，那张脸上仿佛写着无尽的委屈。

姜湛有一种冲动，想伸手抹平她蹙起的眉头，但还是忍住了。他试探着又向前走了两步，她照例抓着他浴巾的一角没有松手。

姜湛耸耸肩，不知该说些什么。显然，她不开心。但是，除了年幼的姜沁，他从来没哄过其他女孩子。

“我们比赛吧。”程意萝开口，嗓子有些哑，“八百米。”

“还是四百米吧。”姜湛说道。

空旷的泳池里，两个少年认真地游着，一圈、两圈、三圈……几乎是她的极限了，她仍旧努力划动着双臂。倒是姜湛，用余光斜睨着她，刻意放慢了速度，她却瞪了他一眼，似乎察觉到他的放水。于是，他微翘起唇角，开始全力以赴。

零星有几个还未离开的客人也被他们吸引，索性抓着浮漂兴致盎然地看他们比赛，甚至笑着打赌，男孩和女孩谁会赢。有人说肯定男孩的耐力更胜一筹；有人说不尽然，因为在他们比赛之前，男孩已经在泳池里游了很长时间。

最后一圈，两个人竞争尤其激烈。在姜湛手臂触到泳池的刹那，二楼看台上的程爸爸忽然吹响了哨子，给这场比赛增添了十足的仪式感。

姜湛险胜十秒。

程意萝大口喘着气，她还是输了，但是输得很开心，用挥霍体力的方式来发泄情绪也是不错的选择。

有人给他们鼓掌。

程意萝紧绷的小脸终于松弛下来。她看看姜湛，洒脱地说了一声“谢谢”。然后，她离开泳池，大步走向更衣室。

女生真是地球上最让人难以理解的一种生物。姜湛想。然后，他的视线落在自己的左手上，一颗心突然悬了起来，她……会发现自己左手的秘密吗？

在那场火灾之后，他的左手确实有两年的时间是不会动的。他不想被人看见手背上的疤，固执地戴上了黑色手套，就连睡觉的时候都不肯摘下。就像医生说的，那是药物无法治疗的心理性应激反应。也是从那个时候开始，裴妈妈开始学习心理学的课程，她似乎一下子找到了人生中最适合自己的选择，沉迷其中，充满热情，反倒减弱了对儿子左手的关注。

只有小小的姜沁，每天睡觉之前都会轻轻亲吻哥哥的左手，温柔地许下愿望：“我希望哥哥的手在天亮之后就会好。”

像一个会魔法的精灵。

第四章
746路公车上的男孩女孩

有一天，姜湛独自放学回家的时候，发现小镇的路边开出了今季的第一朵姜花。蝴蝶一样的姜花，是姜沁最喜欢的花。他跨过灌木丛，去摘那朵姜花，他突然发现，自己的左手能动了，虽然动作有些僵硬，但是他敢肯定那五根手指确实苏醒了。他小心翼翼地用左手摘下了那朵花，他确定，是姜沁的魔法成功了。

他飞快着跑回家，想把这个好消息告诉爸爸妈妈。

然后，他听见爸爸妈妈的争吵，听见他们疲惫之后冷静又残酷的决定。

两个孩子，他们一人选择一个。妈妈选择了他，因为他左手的顽症，妈妈觉得他会需要她的心理治疗。爸爸决定带着妹妹去东北，工厂在东北设新厂，他可以得到更适合发挥专长的空间。

姜湛躺在小镇的田埂上想了很久，像成年人一样冷静地分析着。爸爸宽厚，妈妈好强，如果妹妹跟着爸爸生活可能会更快乐。他做了自己的判断之后，默默戴上了手套，他选择保守这个秘密。因为，如果妈妈知道他的手已经康复了，那么很可能她选择带走的孩子会是妹妹。他不希望，精灵一样的小女孩被控制欲极强的妈妈束起翅膀。

可是，事实证明，他还是做错了这道人生选择题，如果妹妹跟着妈妈，就不会死了。是他的选择，害死了妹妹啊！

“小伙子，游得不错，你学了几年游泳了？教练是老程吧？”泳池里的阿姨们凑过来，打断了他的回忆。

“我没学过游泳。”姜湛低低地回答，倒像是有些难为情，冲着对方欠欠身，迅速地离开了，依稀还听得见身后传来热情的讨论声——是个好苗子啊，应该推荐给程教练。

姜湛喜欢游泳，喜欢水下的世界，但是，他害怕在人前袒露自己的左手。所以，他喜欢临近深夜的游泳馆，他不想成为人群瞩目的焦点。

4

夜色浓郁，已经到了快要闭馆的时间。

老程在门口吸着烟，和门卫有一搭没一搭地聊着天，他在等女儿出来，视线却不时落在大厅里那个男孩子身上。

姜湛原本是想独自离开的，可是浓重的夜色让他停住了脚步。这么晚了，或许该送程意萝回家吧，他回想着她蹙眉的样子。

程意萝甩着湿漉漉的头发从更衣室出来的时候，看见姜湛站在大厅里来回踱着步，欲走还留，脸上一副纠结的表情。

她扫了一眼他戴着手套的左手，走过去，说道："姜湛，这里离你家可挺远的，你干吗到这边来游泳？"

姜湛没说话，但是脸上的表情仿佛在说——我愿意，你管得着吗？

"意萝2号"轻哼了一声。

其实真正的原因是，这家游泳馆晚上人少，又有夜班公交车过江，交通方便。

"太晚了，我送你回家吧。"程意萝霸气地说道。

姜湛看看面前的小姑娘，脸色低沉，这丫头明显抢了自己的台词吧。

"谢了，不用。"姜湛冷硬地答道。

其实程意萝的意思是让她爸开车送姜湛回去。

两个人走到门口，程意萝向爸爸挥挥手。程爸爸的态度竟然一点儿都不主动热情，只是看着程意萝，有些为难地说："哎呀，意萝，我还有些事要做，你先回去？"说着，又转头看向姜湛，自来熟地说道："你是意萝同学吧？要不然，你替我送她回家？"

姜湛有些不明状况，但是在程爸爸炽热的目光下，还是讷讷地点了点头。

程意萝不悦："爸，我可以等你，我和你一起回家。"

程爸爸低声说道："我和你妈说过了，她不会再发火，你早点儿回去把作业写完。"

程意萝委屈地说道："你就这么放心让你第一次见到的男生送我回家？"

程爸爸抬高声音，拍拍姜湛的肩膀："当然放心了，这么优秀的小伙子！同学，你叫什么名字？你们是同一个班的吗？你有没有兴趣到我们游泳队来？"

眼见着姜湛有些招架不住，程意萝一把扯过姜湛，头也不回地向外走去。

程爸爸在他们身后露出老狐狸一样的笑容——女孩子大了，要学会和异性相处。难怪程妈妈总是数落他，完全没有一点儿"严父"的样子，开明大度、温和包容，是老程做父亲的哲学。

5

这座城市的夜晚其实永远都不会太寂寥，大马路上灯火通明，依旧车来人往。即使小巷子里，也仍旧亮着橘色温暖的灯光，灯光下，三五个人凑在一起，围着一盆小龙虾，谈笑风生。

程意萝闻着夜风里的香气，打着呵欠伸了一个大大的懒腰。

姜湛看着女生懒洋洋的背影，有些无语。

"你坐几路车回去？"走到公交站，程意萝忽然停住，转过头问姜湛。

姜湛险些撞到程意萝身上。

"我先送你。"他淡淡地说。

“我家离这里很近，才不用你送呢。”

程意萝抬头看看游泳馆的大门，爸爸的车还停在门前。

她认真地看着站牌：“你坐746夜班正好，八站就能到，下车不用走太远就到你家了。”说着，她又抬头看看路口，“不过，夜班车好像要多等一会儿，我陪你吧。”

说着，程意萝在候车的长椅上坐下来，又拍拍身边的位置，示意姜湛也坐下。

姜湛看看夜空，城市里的夜空已经许久都不曾有星光了。他颇有些不自在，但还是坐了下来，这不算美的夜色竟然让他有些留恋。

他掏出手机，打开在裴子柚家拍的照片递过去：“你加我微信，我把照片发给你。”

“我没有手机，我大概是咱们学校硕果仅存的无手机原始人。我妈说了，不上大学不许用手机，我妈那个人啊……一言难尽。”

程意萝呵呵笑着，毫不客气地把姜湛的手机拿过来。

“不会吧？裴子柚会做这么变态的题？”程意萝看着那几套卷子，很是惊讶，作为一个合格的学霸，书城的每套卷子她都看过，这几套是她最嫌弃的。难道，是她对试卷的判断力有问题？看来要把这几套卷子买回来做一做。

她点着头，心里默默算计着，还不忘表扬姜湛：“不错嘛，姜同学，我们合作双方都是很讲诚信的。”

姜湛扯扯嘴角。

“咳……咳……”程意萝故意咳了两声，“那个……姜同学，你夏天也戴手套吗？”

她极力忍着心里的好奇，还是问出口。

“他们说……你那只手不会动。”大约是知道这个话题有些敏感，她补充了一句。

姜湛沉默了一会儿，破天荒地，抬起左手，缓慢地做了一个屈伸的动作。这是他第一次主动展示给别人。

“是秘密。”他说。

“哦……”程意萝把尾音拖得长长的，心里却莫名地开心，她竟然分享到了他的秘密。程意萝忍着笑意，一脸严肃地说：“我会保密的。”

奇怪的女孩子，有严苛的妈妈和宽厚的爸爸，在人前是不苟言笑的三好学生，私下里却像完全变了个人。他摸摸鼻子，也不知道自己为什么会对这个女孩子毫不设防。

有老奶奶推着小手推车经过他们面前，说着地道的方言。

程意萝用手肘碰碰姜湛：“奶奶在讲什么？”

姜湛有些意外，说道：“你听不懂江城话？她问我们要不要买棒冰，她自己做的，牛奶棒冰。”

“要啊！”程意萝对着姜湛眨眨眼，“但是我没带钱。”

那样子既调皮又可爱，像极了姜沁。

姜湛嫌弃地说了一句：“现在是二维码支付时代，你是古人吗？”说着，他拿过手机缓缓地起身。

程意萝看着他过去，他和老人讲话的时候，脸上的线条都是温和的。他手里拿了两支棒冰回来，老人却焦急地追过来，喃喃地说着什么。这次，程意萝大致听懂了，她是说姜湛给的钱太多了。

“奶奶，太晚了，你早点儿回家去啦。”程意萝很自然地说着，仿佛做好事的人是她自己。

老人咧开嘴对她笑，然后从小推车的车筐里拿出一朵白色的花递给她。

像蝴蝶一样的白色花朵，搭配着绿色挺阔的狭长叶子，在夜风里散发着浓郁的芬芳。程意萝仔细闻了闻，觉得这香味似曾相识，忽地想起什么，凑近姜湛，又吸了吸鼻子。

“姜湛，你的洗发水就是这种花的味道！”

姜湛看着她大惊小怪的样子，有些好笑，又有些鄙夷：“是姜花，你连姜花都不认得？”

程意萝撇撇嘴：“我妈不喜欢花，我们家连盆栽都不养。”说着，又叹口气，“我妈的人生爱好，大概就是把我养成一朵最无敌的花。你看，我连最常见的姜花都不认得，我没有QQ号，没有微信号，没有游戏账号，也许你说得对，我可能是穿越来的古代人。”

他看出她的失意，转移话题：“你为什么听不懂本地话呢？”

她挠挠头，有些惭愧：“也不是完全听不懂，一知半解而已。我是在东北长大的啊，我十岁那年才跟着父母回到江城。”

“东北啊……”姜湛有些恍惚，“你知道白城也有一个叫‘黄鹤楼’的地方吗？”

还是说出了姜沁曾经生活的那座城市的名字，尽管声音带着微微的颤意。

“知道啊，离我爸驻地不远，我还有个哥哥在那座城市呢，不是亲哥哥，是我爸战友的儿子。”程意萝小口小口地舔着手里的棒冰，记忆里仿佛有什么闪烁了一下，她忽然偏过头，仔细打量着姜湛，有极小的碎片从回忆里跳出来，“姜湛，我想起来了，我见过你。”

是啊，有一年生日的前夕，她和妈妈经过江边的小巷子，她曾遇见过一个小男孩，他执着地等待着一封从东北的来信。因为隔天就是生日，所以她对那个日子记忆犹新。

程意萝准确地报出那个日期，想在姜湛脸上看到惊讶的神色。

可是，姜湛的脸色忽地沉了下去。

姜湛似乎也想了起来，在苍茫的暮色里，穿着绿色纱裙的小女孩有着酷似姜沁的脸。那一天，他永远都不会忘。因为，那是他记忆里最后的温暖。雨后的夕阳，温柔得像水面的柔波，云朵被染成玫瑰色。在那扇古老的窗里，飘出来的是外婆做的饭菜香气，那是外婆留给他的最后的味道。第二天傍晚，外婆在买菜的路上突发心脏病，再也没有醒来。

远远地有一辆公交车开了过来，并不是746路。姜湛却忽然起身，想也不想就跳了上去。

“哎？姜湛，你坐错车了。”程意萝茫然地在他身后喊了一句。

可是车门已经关上了。姜湛抬着头，隔着车窗看了看她。她的脸在夜色里那么生动，就像她手里的姜花一样。可是，这个女孩子，却总是能让他想起太多不忍回顾的往事。

他讨厌这种感觉。

“姜湛，今天谢谢你啦！我的坏心情都不见了！很高兴和你做朋友！”程意萝扯着嗓子在车窗外喊着。

人们忍着笑，连司机都刻意放慢了速度。

姜湛低着头，没有给她回应，仿佛没听见一样，他迅速地走到空无一人的最后一排。

好像第一次有人这样和他说——很高兴和你做朋友。

“姜沁，我需要朋友吗？”

他从背包里掏出一个小小的蒙奇奇娃娃，轻轻摩挲着她的脸。这是姜沁留给他的纪念。

车开了，灯光暗下去，他坐在黑暗里，心里想着，那个女孩眼里的星光也会因为自己的冷淡而熄灭吧。

他不需要朋友，因为朋友，是需要以心换心的。可是世间的美好总有终结，当一颗心消失，另一颗心就只能活在无穷尽的痛苦中。

他有些难过。他向往她带来的光亮，却没有勇气向着那光芒走过去。

你看，人生总是这样，因为有向往，就必然会有难过追过来。

Di-wu Zhang

第五章

我们之间，绕了一大圈

你不必强迫自己发光。

在青涩的年岁，每个人的生长速度都是不同的，每个人的能量也是不同的。能肯定与欣赏他人，即是一种难得的超能力。

要相信，每个人都会长成一棵独一无二的树。

你只管生长吧！

1

姜　沁：

我们以后不要再提起程了。

我早该清醒一些，如今的我，就像腐败的花朵。人人亲近美好，却对衰败避之不及。

我早该有自知之明，她愈是明亮，愈能照见我的破败。

我多么感激，在你最难过的日子里，你会遇见黎妤、许佳樱和钟慧慧。我多么感激，你离开的时候，心里带着温暖和光。总有一天，我要去你最后停留过的城市，看看你积攒的温暖和光。我只要看一看，就足够欣慰了。

而我，是无法拥有朋友的，就让我孤单地留在黑暗里吧。

——来自“姜湛日记”

程意萝再次顶着黑眼圈出现在教室，因为虽然任性地和妈妈对峙了一次，她还是熬夜写完了所有作业。

她身边的位置却一直空着，直到午休时间，姜湛都没有出现。好像没有人在意这件事，没有人提起姜湛的名字。

陈柘甚至抱着数学书过来，嘻嘻笑着：“我还是喜欢坐这个位置，因为听说这节课要测验。”

陈柘自然没有如愿，在数学老师不怒自威的目光中，他被无情地“遣送”回自己的座位。大家哄笑着，却仍然没有人提起姜湛。

程意萝答着卷子，忽然有些失神。姜湛为什么没来呢？她竟觉得心里有些空落落的。

第二天，姜湛依然没有出现。

中午去食堂吃饭，程意萝端着餐盘慢悠悠地找着座位。陈柘咬着馒头向她们挥手，示意她们坐过去。

骆珞扯扯她："嘻嘻，你这个老同桌对你倒是不错。"

程意萝撇撇嘴，她和陈柘的友谊，完全是建立在让他抄作业的坚实基础上。程意萝的脚步忽然停滞了几秒钟，然后不动声色地向靠窗的位置走过去。

"那边有空位。"程意萝说。

骆珞看了一眼，羞赧地笑起来："哎呀，裴子柚坐在那边呢！真是光芒万丈的少年啊！意萝，你是故意的吧！嘿嘿，意萝，你太够意思了，可是……哎呀，好难为情呢！"

看着她那忸怩的样子，程意萝嫌弃地翻了个白眼，然后轻描淡写地瞥了裴子柚一眼。啧啧，哪里光芒万丈了？看起来，还不如姜湛顺眼。想起姜湛的名字，她叹口气。要不是为了打听姜湛的消息，她才不会到食堂来找裴子柚。

骆珞嘴里说着难为情，却迅速扯着程意萝走了过去。

裴子柚一边吃着饭，一边眉飞色舞地和对面的同学说着什么，说到兴起处，甚至手舞足蹈。这样的少年，即使不用光芒万丈来形容，也足够明朗生动，完全衬得上他们青葱的好年华。相比姜湛的忧郁低沉，也许，这才是青春最本真的样子。

可是，程意萝就是看不惯他那张扬的样子。

坐在裴子柚的斜对面，骆珞吃饭的每个动作都优雅至极，俨然是食堂里最有仪态的小淑女。程意萝欲言又止，最后只是催促说："骆珞，你快点儿吃吧，照你这速度，吃完饭都该放学了。"

骆珞挤眉弄眼地看着她，余光瞥向裴子柚。

程意萝忽然转头看向裴子柚，一本正经地喊了一声："裴子柚。"

骆珞吓了一跳，微微偏过头，恰好看到裴子柚循声望过来。她这一惊一吓之间，嘴里的食物来不及咽下，猛地呛了一下，只见一粒玉米从骆珞嘴里腾空而出，在空中划了一道完美的弧线，最后准确地落到了裴子柚的餐盘里。

四周一片静寂。

骆珞似乎都能听见自己的心破碎的声音。

旋即，哄笑声爆发出来。坐在裴子柚旁边的男生肆无忌惮地笑了起来，笑得眼泪都要流出来了。骆珞却是真的哭了。在她将近十六年的淑女生涯里，她还从未当众出过丑。骆珞面红耳赤，眼泪扑簌簌地掉下来，狼狈极了。

程意萝同情地递过去一张纸巾，嘴里安慰着："没事儿，慢点儿吃。"

大约因为在极力忍着笑意，她都能感觉到自己嘴角在微微抽搐。

作为事件的另一当事人，裴子柚却表现得平静极了。他很绅士地把面前未开启的矿泉水递到骆珞面前。

骆珞一愣，抹着眼泪说："对不起，裴子柚，我再给你买一份午饭吧。"

她果然认识自己，裴子柚心想，迷妹们的招式真是千奇百怪。

裴子柚眼里含着笑，很绅士地回应："没关系，同学，我正好已经吃饱了，你是哪班的啊？我看你有些面熟呢。"

骆珞的脸又红了几分。本来她正恼怒程意萝故意害自己出丑，结果忽然发现原来程意萝在给自己创造认识裴子柚的机会。

骆珞立时止了哭，用自己最温柔的语气说道："我是高一（6）班的骆珞。"

"骆珞，这名字好听又好记。"

程意萝实在看不惯裴子柚的惺惺作态，咳嗽了一声。

裴子柚仿佛此时才发现程意萝的存在，故作惊讶地说：“咦？是你呀，程小萝。”

程意萝懒得纠正他，头也不抬，啃着手里的鸡腿，口齿不清地问道：“你哥怎么没来上学？”

骆珞愣了愣。

裴子柚倒是没感到意外，也丝毫不好奇为什么程意萝会跟他打听他哥哥，懒洋洋地说：“你自己打电话问问他啊！”

两个人互相对视一眼，然后，看似友好地笑起来，彼此都觉得对方的笑容假惺惺。

只有骆珞一头雾水，不停地对程意萝使眼色，程意萝假装没看见。

直到一餐饭吃完，程意萝都没有再提起这个话题。裴子柚心里笑着，暗想，这个女生指不定又在腹诽自己——你看看P啊，笑得像只狐狸。

他脸上忍不住露出笑意。

“意萝2号”确实在咆哮：你看看P啊，笑得像只狐狸。

骆珞沉迷于裴子柚的笑容，都忘了追问程意萝是什么时候和裴子柚建立“外交”关系的。等到出了食堂，骆珞才迷茫地问道：“裴子柚他哥是谁啊？你认识他哥哥？”

程意萝含糊着搪塞过去。

果然，在偌大的学校里，根本没有人在意过姜湛有没有来上学。

像空气一样被无视的男生。

程意萝看着，想起他站在公交车明灭闪烁的灯光里的样子，那身影，孤独又缥缈。让人远远看着，想靠近，却又触之不及。

及至程意萝走到教室门口，裴子柚忽然大步流星地追上来，却也没刻意停留，只擦着程意萝的耳畔漫不经心地说了一句：“听声音，他好像感冒了。”

程意萝侧目，看见他手里握着的那部手机。

有男生愤怒地喊着：“大柚子，你又把手机拿出来干什么？你又想拖累全班陪你受罚吧！”

男生们嬉笑着打闹起来，裴子柚灵活地躲闪着好友的追赶，他忽然又回过头来，狡黠地对着程意萝眨了一下眼。

程意萝条件反射地昂起头，满脸傲慢的神色，嘴里还不忘冷哼一声。

可是，那男生仿佛笑得更灿烂了。

2

骆珞到底还是追问了一路，但是凭着这么多年的经验和缜密的思维能力，轻松地解决骆珞的种种疑问并不是什么难事。何况，骆珞仍旧沉浸在“裴子柚知道我名字”的惊喜中。

骆珞热情地目睹程意萝进了地铁站，却不知，她一转身就从另一个出口出来了。

妈妈早晨打过招呼，说今天要在公司加班，程意萝这才有勇气晚回家。她逆着下班的人群往回走，心里也不算太忐忑。直到来到姜湛家楼下，她才有些迟疑。

“嗨，姜湛，你这两天怎么没来上学啊？”程意萝嘀咕着，又摇摇头，“喂，姜湛，我是来给你送作文草稿的，因为，我必须得严格执行我们合作协议。”

这个理由应该还算合理吧！

楼道里窄小逼仄，每个楼梯的拐角处都堆满了瓶瓶罐罐，程意萝越往楼上走，心情越忐忑。

身后响起急促的脚步声，有外卖员三两步就从她身边越了过去。等到程意萝来到顶层的时候，姜湛正开着门伸手接外卖。看见程意萝，他脸上并没有任何表情。程意萝讪笑着，很礼貌地向外卖员道了声谢谢，然后侧身进门，仿佛，她是这个家的成员一样。

及至站在姜湛家的客厅里，程意萝忽然忘了自己要说什么。

姜湛把外卖饭盒放到餐桌上，然后无精打采地在沙发上躺下来。程意萝看见外卖单的附言上写着：阿湛，好好吃饭，记得吃药。

想来，这不是姜湛自己订的外卖。

“你有事吗？”大概是觉得这女孩站在那儿发呆的时间有点儿长，姜湛闷闷地提醒了一句。

“啊……我顺路啊……你这两天没来上学……我欠了你两篇作文了……所以……”程意萝有点儿语无伦次。

“还有事吗？”他冷冷地问。

“没了。”

“那你可以走了。”姜湛扯过一个抱枕，身体蜷缩起来。

程意萝耸耸肩，转身要走，却又有些恼火，忍不住回身说道：“姜湛，你可不要误会我是来关心你的！我确实只是来给你送作文的。”

说着，却见姜湛眼皮半合，看起来极不舒服。

她迟疑了一下，走过去，伸手摸了摸姜湛的额头，惊讶地说道：“你在发烧啊？”然后，又轻轻碰了碰他的手，一片冰凉，他的身体似在微微颤抖。

她小时候爱生病，太熟悉这种高烧的症状。

程意萝声音急促了许多：“姜湛，你家体温计在哪里？你吃药了吗？有退烧药吗？”

她问了一连串的问题，手里的动作却没停，先是拿了条薄毯盖在姜湛的身上，又去厨房倒了温水，然后看见茶几上面的药箱，翻了退烧药出来。

姜湛很久没有生病了，即使得了小小的感冒，他也从来不吃药。感冒嘛，熬一熬就会痊愈，就像这人生的痛苦，熬一熬就会过去。

可是他觉得好冷，牙齿、骨骼似乎都察觉到寒意，他蜷缩在沙发上，像一只猫。然后，女生的手拂过来，轻轻柔柔的，带着温暖的气息。像落水的人握住的稻草，让他不想放开手。

他依稀记得，有人给他量了体温，喂他吃了药。然后，他昏昏沉沉地睡着了。他有些恍惚，分不清这是现实还是梦境，分不清那个在病中安慰自己的人是妈妈还是姜沁，或者是……程意萝?

他站在自己的梦里，白茫茫的极寒之地渐渐有了暖意。

等到姜湛醒来，房间里已经有些昏暗了。厨房里有暖暖的香气，熏得整个房间似乎都有了烟火气。姜湛有些失神，这场景似曾相识，仿佛小时候在小镇的家里，他和妹妹在沙发上打个盹，醒来妈妈已经在厨房里做好了晚饭。

他扯开身上的毯子，坐了起来。身上似乎出了些汗，在初夏的傍晚显得尤其黏腻。看看墙上的时钟，也不过才睡了一会儿而已。窗外，是微微黯蓝色的天，是他眼里最温柔的天色。

厨房里传来“叮当”的声响。

他回过神来，记忆渐渐清晰，外卖员送来的晚餐、突然登门的程意萝，程意萝！姜湛猛地站起身。却见一个女生已经踱着小碎步过来了。

“呀，把你吵醒了？”程意萝身上系着一条围裙，右手举着一个勺子。

她忽然踮起脚摸了摸他的额头。

姜湛吓了一跳，向后退了一步。

程意萝白了他一眼："看起来已经退烧了，到底是年轻人，身体底子还是不错的。"

一句话说得老气横秋，完全是做妈妈的语气。姜湛扯了扯嘴角没说话。

"不过你病成这样，怎么不知道吃药呢？还点那么油腻的外卖，你能吃得下吗？我给你煮了粥，一会儿吃一点儿，然后早点儿睡觉，明天应该就可以上学了。"

程意萝絮絮叨叨地说着，又忙不迭地把厨房里凉着的粥端过来，放在姜湛面前。

"你家冰箱里没有什么菜，嘿嘿，何况我除了煮粥也不会做菜，还好，我翻到了一袋榨菜，配粥吃正合适。"

"这些药都没拆开过，我怀疑你这两天有没有吃药啊？喏，这个是退烧的，如果再发烧，你就吃一片，但是间隔要超过四个小时。这个是感冒药，一次两片，一会儿喝完粥你吃两片。还有还有，这个是作文……唉，算了！生病的人哪有力气学习，你今天就休息吧。"

程意萝把一堆东西在桌上一股脑地摊开。

"真啰唆。"男生终于淡淡地开口。

程意萝撇撇嘴，看看时间，有些焦急地说："我得回家了，再晚些我妈又要制造暴风雨了。"

说着话，她匆匆忙忙地背起书包穿好鞋，瞥了一眼门口的简易鞋架，除了姜湛的运动鞋，上面只放了一双女士的高跟鞋。

她看过那份外卖的打印单，下单的人署名裴女士。她当然知道，著名的裴女士，青少年心理工作室的主创者，还参与创作过几部校园影视剧。

程意萝出门的时候又想起什么，嘻嘻笑道："不用说谢谢哦，这是朋友该做的。"

她迅速地关上门，她才不要看那家伙用一脸冷淡来回应自己呢。

姜湛缓缓起身，站在阳台的窗口，看着女生的身影一点点被香樟的枝叶掩盖。

桌上的外卖盒里是他和姜沁小时候最爱吃的红烧排骨，原来妈妈始终记得。但是，她不知道，他如今已经不喜欢那种口味了。忙碌的妈妈到底还是牵挂他的，只是，即使知道他病了，也只是买了药，订了外卖而已。他有时候也有些怀疑，妈妈究竟是真的太忙了，还是她不敢面对自己的儿子。自从姜沁出事之后，妈妈就明显地与他疏离了几分。

白瓷碗里盛着绵软的粥，上面还用榨菜丝摆出了一个笑脸的图案。

真幼稚。

姜湛坐下来，舀了一口尝了尝，然后，用极慢的速度，吃光了那碗粥。

纵使，他不想接受她的靠近，也不舍得拒绝这一碗粥的温暖。

3

裴子柚坐在街口的石台阶上，百无聊赖地摆弄着手里的篮球。他眼看着程意萝去了姜湛家，却没料到隔了这么久都没有出来。

少年的眉头总是不自觉地就蹙起来。

他打了个呵欠，总算隔着灌木丛的枝丫看见了程意萝墨蓝色的校服裙摆。他懒洋洋地站起来，把手里的球抛出去，然后又身手敏捷地跨过去，接到球的一瞬间，刚好来得及在程意萝面前摆一个酷酷的造型。

程意萝向后闪了几步，这才看清裴子柚的脸。她心里闪过一瞬间的慌乱，很快镇定下来。

“好巧。”裴子柚笑眯眯的。

“好巧。”程意萝比他笑得还甜。

“意萝2号”在心里冷哼着：你看他，笑里藏刀。

程意萝忽然觉得，裴子柚大概和自己是一样的人，那么灿烂的外壳下，盛着的其实是一个幼稚又腹黑的灵魂。

她也懒得再和他说话，甚至懒得在他面前维持自己一贯的三好学生形象。

裴子柚倒是没有问她为什么这个时间会出现在这里，但是凭直觉，程意萝觉得裴子柚能猜到她去了哪里。

那男生仍旧笑眯眯的，手里的篮球被耍得极其酷炫，像是有魔力一样。

“程小萝，我们打个赌好吧？”

程意萝警惕地看了他一眼。

“如果这次期末考试，你的成绩比我好，那么，我就在全校同学面前大喊三声‘我裴子柚技不如人，我向程小萝认输’。”

程意萝轻轻摇摇头，不屑地说道：“裴子柚，我才不想和你比呢！学习又不是为了攀比。”

不是为了攀比？那是谁每天在日记里把我当成敌人？裴子柚忍着笑，也不戳破她，只继续说：“如果……你没有我考得好，你就要在全校同学面前大喊三声‘姜湛是我的好朋友’。”

程意萝白了他一眼，绕过他继续往前走。

“嘿嘿，程小萝，你不会是不敢和我比吧？”裴子柚追上去，笑得得意极了，“也是，据说每次考试，你都比我低那么一两分。

我自己倒是不在意的，反正我从来不看百名榜，因为我的名字肯定都是在第一位，看后面的名字对我来说没什么意义。”

夜风呼啦啦地刮了起来，初夏的闷热被带走了许多。街灯好像是在瞬间亮起来的，而天边的暗蓝色还未褪尽。红灯闪烁着，准时变成绿色，归家的人群如潮水涌向对岸。程意萝拔腿就走，昂首阔步，一张巴掌大的小脸绷得紧紧的，像个战士。

“意萝2号”却蜷缩在她心里，委屈得要哭，因为被对手如此蔑视。

“算了算了，你就当我开个玩笑而已，不要有压力，其实考试名次根本不重要，成绩嘛，差那么几分也不代表什么。”裴子柚大方地说道。

她真有趣啊，裴子柚心里却在想。

他留意过她在人群中的样子，言谈举止温和有度，每一个分寸都拿捏得很好。如果不是看过她的日记，他也会像别人那样以为，这是一个成绩好又温柔乖顺、讨人喜欢的女孩。他偏偏不喜欢那种女孩。

但是……他忍不住又笑起来，侧过身，微微低下头，看看她极其严肃的一张小脸。这个女孩子啊，其实长得还挺耐看的，眼睛尤其漂亮，不笑的时候也像弦月一样弯弯的，所以，无论她怎样板着脸，气势都不算太足。这一刻，她不自觉地抿着嘴，两颊略略鼓起，像一条小金鱼。裴子柚笑得更大声了，像发现了什么有趣的事一样。

程意萝猛地停住脚步，看着男生张狂的笑脸，心里的战火彻底燃烧起来。

“好，我同意。”她冷冷地说，然后一字一顿地提醒裴子柚，“请你注意，我叫程意萝，不要再喊我程小萝。”

她微仰着头，却也只能到他下巴的位置。

裴子柚假装自己感受到了她威震四方的气势，不自觉地伸出手去，好想拍拍她的头。如果拍了她的头，她会变成小老虎吧。

裴子柚心里想着，然后把手竖起来："好，击掌，一言为定。"

程意萝扯扯书包的肩带，走了过去，根本没理会那只在空中等待的手。

总算走到了地铁站，她也没打算说再见，反正她把身后的裴子柚当空气。

裴子柚却忽然扯着嗓子喊了起来："再见，程小萝，路上注意安全。回家要好好学习，但是也不要压力太大，比平时再努力一点点就可以！你还是有机会战胜我的，要加油啊！"

程意萝硬着头皮走进地铁口，到底还是忍不住，大步流星地折了回来，对裴子柚说道："裴子柚，有没有人告诉过你，你其实特别高傲、特别幼稚、特别自以为是？"

裴子柚认真地想了想，然后点点头，不紧不慢地说道："嗯，确实有人说过，就是……你呀！"

裴子柚说着忽然抬手拍了拍程意萝的头。

到底还是没忍住啊，他心里想着，嘴角快咧到了耳根。然后，在程意萝发怒之前，他抱着篮球拔腿就跑。

程意萝只能眼睁睁地看着那家伙消失在人群里。

她忽然有些懊悔，她似乎高估了这个对手的水准。要知道，找了一个这样幼稚的对手，显然，是对自己的看低。

4

红灯把长河一样的车流截断。

开车的女人趁着等红灯的间隙，把音响里的英文歌关掉，换上单词精讲的音频。

“要利用好碎片时间。”她说着，扫了一眼后视镜里女孩的脸。

女孩面无表情，靠在座椅上，眼睛望着窗外，难得的平静，不知道在想什么。

“骆珞？”她喊了一声。

“嗯？”身后总算传来懒洋洋的回应，带着几分娇嗔，“哦，知道了，妈妈。”

听起来难得的乖巧。

骆珞嘴里应着，眼睛却还是望着车窗外。

地铁口人流涌动，饶是如此，她还是一眼看见了心里面像星星一样明亮的身影。似乎已经是一种习惯了，总是能在人群中第一眼认出裴子柚。这样的偶遇，原本是个惊喜。可是……骆珞的眉头微微蹙着，心里涌起莫名的情绪。

裴子柚对面站着的人怎么会是程意萝呢？她们明明在一个小时之前在这里说过了再见。

骆珞有些恍惚。她转过头，看看司机位上妈妈的背影，再转头看看车窗外。

灯光辉映着夜色，背景唯美浪漫，男生轻轻拍了拍女生的头，像电影里被缓缓定格的一幕。

骆珞说不清心里的感受，迟疑着对自己说，应该是认错人了吧。

她擦了擦眼睛，想要看得再仔细一些。

绿灯亮起来，有车鸣声此起彼伏，长河再次涌动，暮色鲜活，仿佛刚刚那一幕不过是错觉。

嗯，一定是错觉。骆珞心里笃定地说着。

然后，她又有些气恼，摆弄手机，忽然对妈妈说道："妈，今年的生日，你送意萝一部手机吧。没有手机，太不方便了。"

如果程意萝有手机，她这时候早就把电话打了过去，她可以直白地问——你在哪儿啊？你和裴子柚在一起吗？你不是早就回家了吗？

"我要是送了她手机，她妈妈还不和我绝交？你楚阿姨那个人啊，养孩子养得太过用力了。孩子就像植物一样，需要的阳光和养分都是有限制的，超标了反而会适得其反。"骆珞妈妈淡淡地笑了笑，又看了一眼女儿，"你专心一些，好好听音频，别溜号。"

"妈，养分太多，我吸收不了，我都消化不良了。"骆珞嘟囔了一句。

"我看你分明是拒绝养分导致大脑贫瘠。"

骆珞妈妈肆无忌惮地笑起来，毫不在意伤害女儿的自尊心。

骆珞叹口气，难得没有和妈妈据理力争，她想着明天上学，一定要向程意萝问个明白。

5

大人们说，骆珞和程意萝的交情是从出生那一天开始的。

程意萝上午刚被抱出产房，来探视她们母女的骆珞妈妈就毫无征兆地破了羊水，原本预产期该在两周之后的骆珞，提前来和程意萝做伴了。出生第二天，她们被抱到同一张小床上会面，骆珞扬手挠花了程意萝粉妆玉砌的小脸蛋，程意萝却不哭，闭着眼握住骆珞那只小手，在睡梦中翘起嘴角。

当然，那些都是大人们说的，不属于骆珞的记忆。

骆珞记事的时候，程意萝已经生活在东北了，她们的友情是通过电话建立起来的。程意萝从小就特别优秀，妈妈总是说，你要向意萝学习啊，意萝练习钢琴很刻苦，意萝英语口语说得特别好，意萝总是考双百。

大多数小孩都讨厌被父母和别的小孩对比，尤其是经年累月的“参照物”总是同一个人，总是比你优秀，难免会让人有挫败感。但是，骆珞丝毫没有这种感觉，也许是缘自同一天出生的亲近，骆珞格外喜欢程意萝。

程意萝这个名字，从小就在她心里闪着光。她对程意萝的喜欢，无异于对迪士尼公主的热爱。

然后，她终于有机会和程意萝做同学了。她们从小学四年级开始一起上下学，一起过生日，她们有同样的衣服、鞋子和背包，就像双胞胎一样。她常常觉得，如果自己像意萝一样瘦，她们一定可以假扮成双胞胎。

没错，骆珞从上小学的时候开始发胖，像一只圆滚滚的小面包。

没人喜欢胖子，男生们总是给她起绰号。她也不喜欢胖胖的自己，即使从小就学了芭蕾舞，却因为胖不能入选学校的舞蹈队；她穿漂亮洋装的时候必须深吸着气，为美丽付出代价；她走路多了会喘，爬山这种事更是想都不要想。就连亲人们也在她背后说，她胖起来真是没有小时候可爱了，显得蠢笨蠢笨的。

只有程意萝从来没嫌弃过她。即使是第一次见面，程意萝也毫不惊讶，程意萝摸摸她的小胖脸，眼睛笑得弯弯的，她温柔地说：“骆珞，你真是和我想象中一样可爱呀！”

她说她可爱，语气真诚，一点儿都不像大人们那样敷衍。大概是从那一刻起，骆珞决定，程意萝从此就是她最好的朋友。

程意萝仿佛是万能的，任何事情只要做了就能做到极致。骆珞常常也想要像程意萝一样优秀，但是力不从心，她完全不会因此困扰，因为在这世界上，她最好的朋友已经那么优秀了，她感同身受就可以了。

妈妈常常笑她的奇怪逻辑，朋友的优秀又不代表自己。

她才不在意，她骄傲地说："与有荣焉。"

为什么一定要强迫自己发光呢？如果自身的能量有限，那么能感受到周围那些优秀的人的光芒，不也是一件让人很开心的事吗？美好的人与物，都是让人来欣赏的啊！

这是骆珞的逻辑。

6

骆珞第二天一大早就等在学校门口，见程意萝走过来，她急匆匆地迎过去，她的心里真是藏不住半句话。

"意萝，你昨天没有坐地铁直接回家吗？"骆珞绷着脸，"我好像后来又看见你了。"

程意萝愣了愣，很快笑起来："哦，对啊，我忽然想起来需要买一套卷子，所以，我又去书城逛了一圈才回去。"

骆珞眨巴眨巴眼睛，裴子柚的名字几乎要脱口而出，却见裴子柚昂着头从不远处走过来。十六岁的男孩子，脸上还有未脱的稚气，但是笑起来明亮耀眼，整个人都洋溢着青春的神采。

"骆珞，早上好。"裴子柚冲着骆珞扬扬手。

他终于记得她的名字了。骆珞的小胖脸立时红了起来，笑得眼睛都要眯成一条缝。她立时跟上裴子柚的步伐，矜持又不乏活泼，尺度倒是拿捏到位。两个人一边说着一边往前走，仿佛把身后的程意萝当成了空气。

程意萝斜睨着裴子柚的背影，冷哼一声，然后昂起头，高傲地从他们身边走了过去。

裴子柚笑着对骆珞说："你朋友走路的风格挺霸气。"

骆珞捂着嘴斯文地笑，说道："哎呀，意萝最大的爱好就是学习，其他方面她确实不拘小节。"

果然是错觉呢，她想，这样耀眼的男孩子怎么可能会把温柔送给像陌生人一样的程意萝呢？她的心情瞬间就好了起来。

身后又有人赶上来，低着头，背着黑色的书包，大步从他们身边走过去。

裴子柚看着那背影似乎翘了翘嘴角，他的病好得还真快呢！

"那是程意萝的同桌，我们班最奇怪的男生，你看，他的左手总是戴着手套，大家都喊他'僵尸手'。"

骆珞卖力地寻找着话题。

"我知道啊，他是我表哥。"裴子柚笑眯眯地开口。

骆珞脚下一个趔趄，险些摔倒。

Di-liu Zhang

第六章

风吹来了谁的白色秘密

世界因为多元才变得丰富，人生因为包容才更加从容。

请敞开门窗，付出真心，也接纳他人的善意，包括伤害。

伤害是一场暴风，可能带来摧毁的力量，也可能让你拥有更强的防御力。

1

姜湛偶尔会咳嗽两声，开口讲话的时候带着浓重的鼻音，桌洞里放着一包纸巾，清鼻涕源源不绝。他每咳一次，程意萝都会转头看他一眼。陈柘下了课立刻跑过来，小心翼翼地对姜湛说："姜湛，要不然你继续请假吧，你看起来病得挺重，要是传染了程意萝就不好了；程意萝要是生病了就会影响学习，影响了学习就不能为我们班争光了。"

很是聒噪。姜湛只淡淡地看他一眼，微微抬起自己戴着黑手套的左手。陈柘缩缩脖子，"嗖"的一声跑回自己的座位。

程意萝忍不住问了一声："你不发烧了吧？"

隔了好一会儿，身边的人才闷闷地"嗯"了一声。

"要按时吃药。"

姜湛没有回应。程意萝叹口气："这套卷子的题真的很偏，有点儿浪费时间，你确定裴子柚那家伙会做这么变态的卷子？"

姜湛这一次终于偏过头，认真地看了一眼程意萝面前的卷子，点点头："是。"

她又叹口气，低下头继续啃那套卷子。

在乱哄哄的课间，他们这一桌显得尤其安静，安静中却透露着和谐。骆珞迟疑地眨了一下眼，还是错觉吗？她分明看见姜湛偏着头凑近程意萝，他们两个人不知道在讲什么，一幅团结友爱的画面。

下午的第一节课是老杨的作文课，老杨破天荒地点了姜湛的名。大致是说姜湛同学最近的作文水平突飞猛进，不但文字工整许多，文笔与立意也明显提升了。老杨慷慨陈词了一番，最后总结出两个原因，其一，勤能补拙，因为姜湛同学最近惩罚任务完成得好，一天一篇作文达到了练笔的作用；其二，近朱者赤，因为姜湛同学受了同桌的熏陶，学习态度明显有了进步。

有人忍着笑，有人撇着嘴，有人不以为然。

只听陈柘传来一声哀号："老师，我也想近朱者赤。我强烈要求再次和程意萝同学做回同桌。"

老杨板起脸，极其郑重地说道："陈柘，别以为我不知道你的用心。你想想你和程意萝做同桌的时候做过什么事？"

陈柘愣了一下，忽然噤声。

"语文测验卷竟然原封不动地抄了答案，你的成绩真够突飞猛进的！"

教室里响起一阵哄笑声。

陈柘的脸颊慢慢地红了起来，他讪笑着，用课本挡住了脸。

他记得那次语文测验，在和程意萝做同桌没多久，她写完一道题，他就迅速地偏过头，看一眼她的答案。在某个瞬间，他忽然注意到，女孩子长长的睫毛真好看。他心里面像是突然住进了一只小兽，它轻轻柔柔地踩在他心上，让他有一种捉摸不定的情绪。他鬼使神差地忘了应该错个几道题才显得真实嘛。

他不能告诉任何人，当老杨让他和姜湛调换座位的时候，他心里有多么不情愿。他把这种感觉归结为，对学霸这种优质资源的不舍。陈柘揉了揉发烫的脸颊，故作漫不经心地扫过程意萝的背影，却见她正转头看着姜湛。他苦苦地笑了一下。

2

"姜湛，这不是我写的啊？"程意萝惊讶地看着老师发回来的作文纸。

姜湛漠然地把作文纸收起来，只说："你的作文那么女孩子气，我怎么忍受得了？还不如自己写。"

程意萝耸耸鼻子，继而又笑嘻嘻地夸奖道："不过姜湛，其实你很棒，我看好你哦。"

姜湛轻蔑地看了她一眼："我才不需要你看好。"

心里其实暖暖的。

记忆里的小女孩也曾经那样说过："哥哥，你好棒哦！"

在每个妹妹的心里，哥哥都是超级英雄一样的存在吧。为了做妹妹心里的超级英雄，年幼的姜湛曾经那么卖力，凡事都努力做到最好。他也曾像一颗明亮的星一样，他也想让这颗星成为永不寂灭的恒星。令人遗憾的是，在姜沁出事之后，这颗星也寂灭了。

他望了一眼程意萝，那眼神里有种种复杂的情绪。

程意萝大咧咧地白了他一眼，得意地说："老杨都说了，是在我的引导下，你的作文水平才进步的，从这一点来说，我也算你半个师父。乖徒弟，继续努力哦。"

幼稚鬼。男生淡淡地笑了。

他笑起来很好看。程意萝对他的反应满意极了。她伸手在桌洞里摸了一会儿，掏出几块巧克力，飞快地放在他面前。

姜湛没什么反应，讷讷地看着面前的巧克力。

"奖励。"她小声说了一句。

"吃了药之后，吃一块。"她又补充。

姜湛仍然没说什么，但是将那几块巧克力抓了起来，极其自然地塞到了自己的桌洞里。程意萝转了转手里的笔，嘴角咧了咧，心情好极了，她飞快地写出了作文的开头。

3

因为要放月假，周五这天放学也早了一些。

骆珞拉着程意萝去逛街，程意萝手里捧着单词本，心不在焉地跟着骆珞走。学校后街有许多特色小店，骆珞常去淘些新鲜玩意。她领着程意萝进了一家正在促销的文具店。

“哎呀，我的学霸朋友，你可不可以放松一下？”骆珞戳了戳程意萝，随手摆弄着货架上精致的中性笔。

“嗯。”程意萝含糊地应着，眼睛却还停留在单词本上，“要珍惜时间。”

骆珞不服气地哼了一声，欲言又止。

骆珞暗中留意了几天，她可以确定，程意萝和姜湛的同桌模式相当和谐。程意萝不但不会嫌弃姜湛，还会主动找他说话。而姜湛，那么冷漠的男生，在看向程意萝的时候，居然会带着笑容。

骆珞到底还是沉不住气：“你还好意思说珍惜时间？程意萝，你不觉得你换同桌之后，学习其实是受了影响的吗？老杨居然还表扬姜湛，还说什么近朱者赤，我问问你，近朱者赤的下一句是什么？”

程意萝并没有留意骆珞在嘀咕什么，随口回道：“近墨者黑。”

“对啊！”骆珞的声调一下子提高了几分，“你小心变黑！”

程意萝回过神来，干笑两声，解释道：“其实没你想的那么糟，姜湛……挺好的。”

女孩子的声音轻轻柔柔的。

骆珞尖叫起来：“程意萝，你被姜湛洗脑了吧？你竟然觉得他好？他那个学渣的帽子可不是别人无凭无据扣过去的。”

小店里零星的顾客望向她们。程意萝竖起食指做了一个噤声的手势。

骆珞看着程意萝的反应，有些怒其不争，愤愤地发起牢骚：“我怎么就看不出他哪里好？学习成绩一团糟，同学关系一团糟，性格古怪，就连身体都古怪，这种人怎么能做你的同桌呢？这种人怎么能……”她忽地想起什么，有些哀痛地说道，“这种人怎么会是裴子柚的表哥呢？”

骆珞突然想起程意萝在食堂和裴子柚的话，恍然大悟地看着程意萝：“你早就知道他们的关系？你和裴子柚为什么那么熟？你们什么时候认识的？哦……程意萝，你对姜湛表示友好，是不是为了接近裴子柚？”

“意萝2号”再次崩溃：看吧，骆珞的公主病又犯了，她臆想的本事真是天下第一，凭什么她觉得好的人，全世界就都要认同？

程意萝懒得和骆珞争论，索性说道：“对啊，他们其实是表兄弟关系。对姜湛友好一点儿自然可以接近裴子柚，但是，我接近裴子柚纯粹是战略需要啊！我昨天在地铁站遇见了裴子柚，我们打了一个赌，这次考试谁输了就要满足对方一个要求。裴子柚说，如果我输了，我就要在全校面前承认，姜湛是我朋友。但是呢，如果我赢了，裴子柚就要在全校面前向我认输。”

程意萝对骆珞挑挑眉头。

“意萝2号”鄙夷着自己：胡言乱语的本事真是厉害。

骆珞眨了眨眼，忽然一把抱住了程意萝，她甚至有些激动。

“意萝，我就知道……”

我就知道你不会瞒着我，我们是最好的朋友啊！骆珞松开程意萝，嘻嘻笑着，真好，意萝主动说了，她和裴子柚在地铁站是偶遇。

“意萝2号”翻了个白眼：神经兮兮的姑娘。

骆珞费力地分析着程意萝的逻辑，最后点点头，爽快地说道：“那你确实不能输，因为你怎么能和姜湛做朋友呢？走，快回家学习去！”

走了两步，她又迟疑：“可是，裴子柚也不能输啊！他那样骄傲又优秀的人怎么能向你认输呢？”

两个都是自己在意的人，把他们放在天平上比较真让人为难。骆珞心里矛盾极了，扯着程意萝茫然地往外走。

门上的风铃被她们撞得叮当作响。

4

“同学，这个本子你要不要？这个本子正在打特价，平时买很贵的。”店员走近角落里的男生。

那男生盯着手里的日记本许久，也不知在想什么。只是本该朝气蓬勃的年纪，看起来却过于阴郁低沉，尤其是在这样闷热的天气，手上还戴着厚厚的黑手套，显得很怪异。

姜湛把本子还回去，低头走出了文具店。

墨绿色封面的日记本，款式简洁文艺，隐藏着指纹密码锁。在看见这个本子的第一眼，姜湛忽然想到程意萝。那个看似仔细却有些大咧咧的女孩子，既然那么爱写日记，那么怕别人发现她心里的小秘密，为什么不用一个带锁的日记本呢？他选来选去，挑中了这本，想着买下来送给她。

然后，他站在货架后面，听见自己的名字被人提起。听见，曾给他带来温暖的声音。

她说，姜湛……挺好的。

姜湛的心跳在那一刻仿佛乱了节奏，像得到了一颗糖，像被人群隔绝许久的小孩儿忽然得到了关注与嘉奖。然而，下一刻，他的心又仿佛被寒流冻住了。他听见她说出裴子柚的名字。原来，她对自己的好，无非是为了接近裴子柚。然后，他听到了，自己变成了她和裴子柚的赌约。

姜湛眼眸低垂，脚步懒散地走出了小店。

姜沁，你看，这世界上哪有那么容易遇见的真心呢？

5

在老杨眼里有了明显进步的姜湛又开始上课睡觉了，故态复萌。上午的几节课，接连有老师点名批评了他。

“姜湛，你是不是又发烧了？”

终于熬到课间操时间，看着慢慢坐起身的姜湛，程意萝小声问了一句。

姜湛仿佛没听见一样，没做任何理会。

“意萝，快走啊，集合了。”骆珞招呼着程意萝。

“你要是不舒服就去医务室看一下。”程意萝匆匆交代了一句，然后赶快随着骆珞出了教室。

姜湛看了看她的背影，她那种神色该怎么形容呢？想要对一个人示好，又怕被旁人发现。这样的心意，遮遮掩掩，怎样都不能被当作真心。想来，她心里其实也是不愿意和自己这种人做朋友的。

他早就知道的，彩云易散琉璃碎啊！他一次次提醒过自己，他不需要接受别人的温暖，因为温暖难免会消散。可是这一次，他到底还是没有忍住，心底慢慢蓄积出小火苗，然后，又被冷雨浇灭。

姜湛把书包往肩上一甩，神色冷淡地离开了教室。陈柘扛着一把湿漉漉的拖布从盥洗室回来，与姜湛走了个对面。

他笑嘻嘻地：“姜湛，你干吗去？”

姜湛看也没看他一眼。

陈柘倒是好奇，一路尾随着姜湛，没话找话地在姜湛身后唠叨着，直到眼看着姜湛钻过学校后面的消防大门。他张口结舌地喊了一声姜湛的名字，姜湛只冷冷地看他一眼，然后大步跑向对街。

陈柘回味着那个眼神，似乎有些许警告的意味。

他耸耸肩，学着老杨的语气感慨道："朽木不可雕也。"

然后，他忽然又开心起来，天知道自己为什么这么开心。

没有人在意姜湛的存在。老杨看着程意萝身边的空位置，也只是无奈地摇摇头而已。只有程意萝，有些心神不宁，她想来想去，猜测他应该是感冒又加重了。

骆珞神秘地跑过来，小眼睛里闪着光："意萝、意萝，最新的情报。"

程意萝心情不佳，实在懒得敷衍她。

骆珞虽然对程意萝的反应有些不满，到底还是忍耐不住，兴奋地说道："咱们学校要参加市里的英语竞赛，整个年级组一共选了六个人，咱班只有你一个人选了。你猜还有谁？"

看她那神色，闭着眼睛也能猜出来一定会有裴子柚。

果然，放学前老杨把这个消息通知了程意萝。程意萝迟疑着，心里是想拒绝的，因为比赛前会有半个月集训，时间安排在放学后，这就意味着她每天要拿出一个小时的个人时间。但是这种活动，程妈妈却是极喜欢的，一切能让女儿出风头的机会她都不想错过。程意萝借了老杨的手机给妈妈打了个电话，电话里的程妈妈如她意料中的一样情绪高涨，又叮嘱了几句放学后的安全事项。

"意萝2号"有些无奈，却又不敢反抗。

程妈妈喜欢让女儿站在舞台上，站在同龄人的前列。她从小灌输给程意萝的思想就是，你不能输，你不能落后，做任何事都要全力以赴。程意萝常常觉得自己就像一只提线木偶，被妈妈牵引着，步履不停地向前跑着。沿途风景美好却模糊，因为她从来不敢放慢脚步，她只能尽力地向前跑。

"意萝2号"就是在这种仓促的节奏里诞生的。在程意萝气喘吁吁地向前奔跑的时候，“意萝2号”总是懒洋洋地抓着她的心，像荡秋千一样，不慌不忙地劝解她：你慢一点儿啊，你慢一点儿啊，你不停下来看看青春的模样吗？

青春的模样啊，程意萝当然向往，但是她一度看不清它的样子。似乎，十六岁的青春总是千篇一律的，每个人都闷着头做着题，都奔向高考那个关卡，仿佛只要过了那道关卡，未来就可清晰在望，人生就有了第一次真正的胜负。没有人关心，在冲过那道关卡之后，他们把什么丢在了时光里。那是永远不会再重来一次的最好的时光。

直到，她靠近姜湛，她忽然意识到，每个人的青春又都是不一样的。

那些被轻视的别人的人生，或许比自己以为的更深刻。

“嗨，程小萝。”裴子柚大步走过来，笑得灿烂。

走廊的雪白墙壁铺满了夕阳的光，男生的影子在墙壁上跃动着。

程意萝敛起思绪。

“你也要参加集训吧？一起走啊，去多媒体教室。”裴子柚朗声说道，目光落在程意萝的脸上。

她脸上闪过一丝不情愿。他忍着笑。

“哎呀，还好我们俩都参加集训，期末考谁输谁赢也公平些。你想想，假如只有我参加集训，你却能回家复习功课，但是期末考，你却还是输给我，那面子可就丢大了。”裴子柚认真地分析着。

程意萝的脸色深沉了几分。

她嫌弃地看着他的背影，心里想，如果现在退出比赛还来得及吗？

6

阶梯教室里会集的都是高一年组的学霸们，程意萝对百名榜一向留意，对这几位自然也不陌生。裴子柚却是一直漫不经心，和谁也不熟识，只挨着程意萝坐着，神态也亲近。

旁人看了诧异，略带羡慕地和程意萝咬耳朵："裴子柚和你很熟啊？他看起来好清高，我们都不敢和他说话。"

清高？程意萝好像听到了天大的笑话一样。她转头看了看正在记笔记的裴子柚，裴子柚似有察觉，霎时对她露出灿烂的笑容。

虚伪……"意萝2号"腹诽道。

但是，她也略略有些恍惚。到底是表兄弟，仔细看起来，裴子柚和姜湛的眉眼其实有几分相似。只是，姜湛从不曾像裴子柚这样灿烂地笑过。

她忽然忍不住心里的好奇："姜湛从小就那么孤僻吗？他对人总是拒之千里吗？"

裴子柚的笑容有些僵硬，他干巴巴地"呵呵"了两声，回过头继续记笔记。写了两行之后，突然又正色道："不是，姜湛小时候开朗极了。"

阿湛哥哥，曾经是他心里最温暖的称呼。

姜湛从小就是个暖男，对谁都热情。他也曾不知不觉地就把阿湛当成了自己模仿的对象，他想要像他一样，走到哪儿都受人欢迎。

裴子柚不愿意承认是自己浇灭了姜湛心里的火焰。敛去了姜湛光芒的刽子手应该是他的人生际遇，他爸妈离异，妹妹姜沁和爸爸去了北方，后来却在一次郊游中溺水身亡，爸爸因此受了刺激，不久之后也去世了。他所遇见的命运多悲惨。

裴子柚是不敢直面自己的。

听了裴子柚的话，程意萝发了会儿呆，然后轻轻地叹了口气。偏偏裴子柚在思绪万千之后，也叹了口气。两人难得地节奏一致。

本该惜时如金的英语集训课上，两个学霸同时长吁短叹，颇有些惺惺相惜的意味。讲台上，英语老师可就不高兴了，两个小粉笔头接连飞过来。其余几位大笑出声。英语老师蹙起眉头，谁说学霸好带？这世界上就没有不用老师操心的学生！

7

天气说热就热了起来，蝉声都显得微弱无力。

姜湛就像夏日里萎靡的小兽，曾复苏过的一点点活力再次消失殆尽。他不再理会程意萝的搭讪，不再接收程意萝的小字条。他们并肩坐着，就像最初时一样，明明只隔了一拳的距离，却仿佛隔着万里山河。

好像大多数人都认为，学霸和学渣本就是两个世界的人。

周五那天，英语老师有事临时取消了集训。程意萝故意没告诉骆珞，等骆珞离开教室，她拿起书包就跟在姜湛身后。姜湛的步子大极了，程意萝不时要小跑几步。她想和他聊聊，关于他突然冷淡的态度。

“姜湛，你最近都没有去游泳吗？我爸让我问问你，有没有兴趣加入游泳队，他觉得你是个好苗子。”

这倒不是程意萝编排的借口，程爸爸确实有这个意向。

姜湛也没回答她，仿佛没听见一样。

“哎，你知不知道裴子柚有多讨厌？每天和他一起集训简直就是噩梦，他还尤其自大，分明是觉得我考试不可能赢了他。”

“姜湛，你吃冰淇淋吗？”

“姜湛，说实话，我对你最近的态度表示不满，我又没惹你，你为什么不理我？说好的做好朋友呢？”

“姜湛，你的朋友请求和你郑重地谈一谈。”

“哎哟！”

姜湛猛地停住脚步，程意萝一个不留神，径直撞到姜湛的肩膀上，疼得她龇牙咧嘴，都快哭了。

冒冒失失，像姜沁一样。姜湛心里想。他也发现了，她只在自己面前才露出这种大咧咧的模样。也许，是因为不屑在自己面前伪装吧。

“程意萝。”姜湛的嗓子有些喑哑，他低低地清了一下嗓子，“你心里清楚，我这种人是不配做你的朋友的。”

“什么？”程意萝一时没有反应过来，愣愣地看着姜湛。

“其实，你没必要讨好我。第一，我没有看过你的日记，除了扉页那一句摘抄的话，我不了解你的任何秘密；第二，我和裴子柚的关系并不好，我不能给你提供关于裴子柚学习上的任何情报；第三，老杨对我的作文惩罚已经取消了，我们的合作协议也可以到此为止；第四，我对你是一个什么样的人毫无兴趣，我们不是朋友，我也不需要朋友。”

他一口气说完，鄙夷地笑了一下，笑容苦涩，满是嘲讽的意味：“真正的朋友，怎么会需要签协议呢？”

程意萝觉得自己的大脑有些迟钝。就连“意萝2号”也有些迷茫。她站在那儿，努力回想他说的话。她眼看着姜湛大步走进人群里。

“嗨，程意萝。”忽然有人蹿过来，猛地拍了一下她的肩膀。

程意萝龇牙咧嘴地回头，看见陈柘长满青春痘的脸。

“好巧啊！”他手里端着一碗水果冰粥，一张嘴，一口冰碴子喷了出来。

程意萝厌恶地向后退了一步。陈柘嘿嘿笑着，一只手在书包里摸索了半天，掏出一块巧克力，递到程意萝面前。

程意萝皱着鼻子接过来。那颗巧克力也不知道在他书包里放了多久，在闷热的天气里，化成一坨软软的泥。

程意萝把巧克力又塞回去："谢谢，你自己吃吧。"

程意萝吸吸鼻子，思绪被陈柘打断了，她似乎突然忘了姜湛和自己说了些什么。

忘了就忘了吧。"意萝2号"安慰她，面对挫败的时候，"意萝2号"总是率先跳出来对她自我麻痹。她想，也许明天，他说的那些话就都不作数了。她现在只想回家去，做题，做很多很多的题。

陈柘看看手里的巧克力，又看看程意萝的背影。她明明在流眼泪呢，她自己仿佛都不知道。

陈柘把巧克力塞进嘴里，和沁凉香甜的冰粥一对比，嘴里立时弥漫着浓重的苦涩。他一张脸不禁拧巴起来，嘴里哼唧着："太苦了，我这花一样的人生啊……太苦了！"

十几岁的少年，总是不自觉地佝偻着肩，像暮气沉沉的老人。

8

玄关的柜子上放着一个精致的袋子，看商标就知道价格不菲。程意萝家没有任何人有这种待遇，她不用猜都能知道，这肯定是妈妈买给骆珞的生日礼物。她们的生日临近了，在一年中最热的季节。

程妈妈端了冰好的西瓜给程意萝，然后破天荒地没有催促她回房间学习，而是将她唤过来。

"意萝，来，试下这条裙子。"程妈妈一边说一边拆开刚收到的快递，"虽然是仿版，但是价钱也不算低啦，你不要觉得委屈。"

当然，跟正版比，还是便宜了很多。

高腰的公主裙，是很淡很淡的绿色，镶嵌着柔软的蕾丝花边。程妈妈每年准备的生日礼物都是类似的款式，唯一不同的是，今年的这款已经有些少女风格。

程意萝兴趣缺缺，只道：“不用试了，一看就是骆珞喜欢的。”

这是骆珞喜欢的牌子。当然，有吊牌的那条是给骆珞准备的，高仿的这条是留给她的。

“十六岁，也算是一个比较重要的生日。骆珞妈妈啊，少女心保持得好，打算给你们办一个隆重的生日派对。”程妈妈言语里颇有些揶揄的意味，“其实简简单单就行了，学习好才是最光彩的事。”

程意萝扁扁嘴，吐出一串西瓜子。

程妈妈虽然话是那样说，还不是每年都积极地准备好生日礼物？早几年的时候，网络还没这么发达，她总是要买两份高档正版的牌子货，然后，等生日派对结束，又要掩人耳目地把意萝那份礼物拿去退掉。后来，她发现了网络的妙处，干脆直接把意萝那份礼物变成了高仿版。

程意萝已经习惯了，她甚至有些难为情，在妈妈热情地把礼物送给骆珞的时候。那些礼物里，没有一分真心。

真心……她脑袋里忽然“嘭”的一声，那些被匆匆忘记的话语突然就清晰起来。姜湛说，真正的朋友，怎么还会需要签协议呢？原来，他从未将自己当过真正的朋友。她用力掏出来的真心，他一直不曾看见。

程意萝负气似的，一口气把面前的西瓜全部消灭干净，然后抹抹嘴巴，把自己关进了房间。

2015年5月29日　星期五　晴

妈妈嘴里说着生日没必要那么隆重，实际上她心里比谁都重视这个日子。当然，她重视的不是我的生日本身，而是，她女儿又可以替她赚一些面子。

妈妈似乎总是摆脱不掉虚荣。

但是我呢？我敢说自己没有虚荣心吗？

裴子柚说假如我考试成绩不如他，我就要在全校面前承认姜湛是我的朋友。为什么我听到这个条件的第一反应是忐忑不安呢？为什么我不敢告诉骆珞，姜湛已经是我的朋友了呢？为什么我每次在公开场合都不敢主动和姜湛说话呢？

也许，只是因为，大家眼里的姜湛是灰色的，是黯淡的。

大多数人看着姜湛，都是戴着有色眼镜。我以为我和他们不一样，其实，我比他们还要恶劣。

我很想告诉姜湛，我不是没有真心，我是过于虚荣与怯懦。

这份怯懦，像个枷锁，束缚了我将近五年。

如果，时光可以倒流，我想回到五年前那个生日的午后，回到我埋下第一颗怯懦种子的那个时刻……

五年前的那一天，穿着同款公主裙的程意萝和骆珞在举办生日派对的花园草坪上追逐玩闹，像一对双胞胎。

骆珞失手把一条玩具蛇扔到了围栏外。有路人在围栏外“哎呀”一声，随即摔倒在地。小女孩们忘了惊叫，吓得小脸惨白。她们俩紧紧地抓着栏杆，隔着藤本月季的枝叶看着那个人。

“那个人自己能爬起来吧？”骆珞说，“只是一条假蛇而已，怎么可能被我们吓晕？大人哪有这么胆小的？”

那棵藤本月季开出来的花是月白色的，有小拳头那么大。那种颜色，就像她们生日蛋糕上的奶油一样，看起来特别温柔。程意萝一会儿看看晕倒的人，一会儿又看看那朵温柔的花。她并不确定那个人是不是被玩具蛇吓到的。

“我去找大人。”骆珞说着就跑开了。程意萝不敢跑。然后，她看见那人动了一下。她忐忑极了，想来想去，还是战战兢兢地翻过了围栏，浅蓝色的雪纺裙摆被划破了大大的口子。她走到那人身边，蹲下来，想为他挡住傍晚仍然灼热的阳光。有路人三三两两地围过来，有人拨打了急救电话。程妈妈闻讯大步跑过来，见她蹲在那儿，骂她多管闲事，气得狠狠地拍了一下她的后背。她趔趄了一下，险些摔倒。然后，妈妈扯着她快步离开了。走了几步，妈妈发现她裙子破了，那可是价格不菲的品牌啊！程妈妈的心都要碎了，又重重地拍了她一下。

她忽地就哭了出来，又被妈妈骂了两句，急忙将哭声压下去。

那是她第一次目睹人生的事故，也是第一次做了人生的逃兵。

他们不知道那个人最后怎样了。骆珞说，一定没事的，那可是大人啊！大人怎么可能会怕摔跤呢？

可是，隔天骆珞神秘地告诉她，那个人死了。她们俩面面相觑，脸都吓白了。然后，再也没有人提起这件事。也许，有人是真的遗忘了；也许，有人是不敢想起。

而五年之后的这个晚上，“意萝2号”在日记里小心翼翼地触碰了这段回忆。程意萝猛地回过神来，伸手将这一页纸撕下来，撕成碎片，然后扔进冲水马桶里。也难怪她连真心都送不出去，因为五年之后，她依然是那个怯懦冷漠的人，她连一段回忆都不敢面对。

9

黄鹤楼的灯早就亮起来了。阁楼里却一片漆黑，只有一点天光透过天花板上倾斜的玻璃窗落下来。姜湛坐在裴子柚惯常喜欢的小沙发上，也不知在想什么，久久不动。

楼下厨房里传来叮叮当当的声响，妈妈难得有一个空闲的周末，家里又有了几许烟火气。这烟火气令他突然想起那个傍晚，程意萝笨手笨脚地在厨房里熬了一碗粥。那碗粥温暖了他的心。短暂的温暖，就像卖火柴的小女孩点燃的火柴光亮。

过了一会儿，门被推开一道缝隙，雪亮的光从缝隙里射进来，照在姜湛面前的旧地板上。裴子柚闪身进来。

“阿湛？”裴子柚看清沙发上的人影，有些意外，倒也不再说什么，也没有去开灯，只是借着门外的光亮从故书堆里抽了一本想找的书出来。他向门外走了两步，又停下，转身走到姜湛对面，倚着墙在地板上坐下来。

有熟悉的香气在小小的空间里弥漫。裴子柚抬起手，指端挑着一串姜花，自顾自地说着：“楼下遇见老奶奶在卖，随手买了一串，我记得小姜沁最喜欢姜花。”

姜湛懒洋洋地抬起眼皮，听他又说道：“阿湛，如果姜沁还活着，她一定不喜欢你现在的样子。”

似乎有星光穿过雾霾沉沉的夜空，闪烁了几下。姜湛没说话。

谁又喜欢这样的他呢?

“其实……”裴子柚迟疑地说，“程意萝挺好的，虽然有女生少不了的矫情劲儿，但是她对你挺真诚的。”

“阿湛，如果不接纳别人给的温暖，那么，你的心怎么能热起来呢？”

姜湛抬起头，定定地看着裴子柚。他的目光让人分辨不出意味，像笼着灰蒙蒙的雾气。裴子柚终究缓缓地低下头去。

Di-qi Zhang

第七章

成长真烦，还好我可爱

尊严是不会轻易被侮辱的，只要够强，就能有坚硬的铠甲。

如果你够强，那些带着恶意的小动作，在你眼里就像小丑的表演。

记得绿罗裙

1

姜　沁：

树影开始深厚了，夏天的蝉鸣声变得恹恹的。

每到夜晚，总有许多捉蝉人，拿着手电照着地面，在幼蝉破土而出的刹那就将它们捉住，折断翅膀。

被命运捉住的蝉，它们至少要在地下生活三五年。它们带着对阳光与欢唱的渴望，却最终夭折于命运之手。

我常常觉得，我们就像早夭的蝉，即使我的生命还在继续，我也觉得自己与你没有两样。你知道吗？这些年，我是如此悲观。

但这一刻，经历了一些小小的意外之后，我再次望向自己的心，竟仿佛看见一抹淡淡的光亮，像一颗小小的火种。

我想，那颗火种是程埋下的。

她令我想起你，令我涌起悲伤，但是，也令我望见希望。

如果，时间能够流转回从前，你、小柚与我的人生，是不是会有另一种改变？

是的，人生没有如果。唯一能得到改变的机会，只有人生的每个路口。在每一个变幻莫测的十字路口，向左还是向右的选择，才会带来真正的改变？

我想尝试着，遵从自己的内心。

——来自“姜湛日记”

因为集训，程意萝每天放学后倒是有了一段和裴子柚同行的时光。她巴不得自己走，可是英语老师出于安全考虑，特意嘱咐裴子柚每天一定要把程意萝送到地铁口。

两个人同行的时间，大多是在斗嘴，偶尔气氛和谐一点儿的时候，必定是在谈论关于姜湛小时候的趣事。他没有讲过姜湛身后的沉重际遇，她也忍着好奇心没有问起过关于姜湛左手的秘密。她只知道，姜湛曾经是一个笑容明亮的男孩子，他有过一个最疼爱的妹妹，然后，又失去了她。

比赛前一天，英语老师特意把集训延长了半小时。从学校出来，天色阴郁，有风低旋着扫过路面。

“明天你会不会紧张？”裴子柚问程意萝。

程意萝不言语，只看看天色，加快脚步，她没带伞，怕半路被雨淋。

裴子柚忽然拍了一下手，恍然大悟道：“程意萝，你是不是心理素质不好？你是不是有考试综合征？要不然，怎么会每次考试都超不过我呢？”

他真是爱演啊！看着裴子柚夸张的神色，程意萝嫌弃地紧走了几步。

风里传来小女孩的哭泣声，程意萝停住脚步。

“怎么了？”

“好像有人在哭。”程意萝迟疑着。

裴子柚看看四周，除了仓促归家的行人，就只有被大风吹得摇摇摆摆的植物。裴子柚以为她在开玩笑，配合地在风里张牙舞爪，嘴里发出“呜呜呜”的声响。

程意萝却正色道：“真的，我没和你开玩笑，你仔细听。”

有雨点稀疏地落下来。车流在狭窄的马路上拥堵成长河，焦灼的司机们按着喇叭，车鸣声此起彼伏。

裴子柚的掌心落了两滴雨水，他催促道：“我只知道，你再不快走，就真的要淋雨了。”又调笑，“我只有一把伞，我是不会借给你的。”

程意萝有些犹豫，紧跟着裴子柚走了两步，却还是回头望着和他们相反的方向说：“声音好像在那边。”

一颗大大的雨滴落在她眉心，她果断地转过身。

灌木丛后面是一片杂乱的绿地，声音越来越清晰，是小孩子的哭声。

裴子柚终于意识到事情的严重性，嬉笑的神色立时消失。他扯了一把正要从灌木丛上面跨过去的程意萝，指指不远处的豁口：“你走那里。”然后，自己大跨步从灌木上跃了过去。

绿地正在改建，一些长势不好的树被挖走，留下大大的坑洞，还来不及栽进新的树苗。

对成人来说，那个坑洞也已经足够深了，对一个两岁左右的小孩来说，更是难以攀爬。小女孩也不知掉进去多久，手指甲里满是泥土。她大约一边哭着一边抹脸，脸上也满是泥巴。

见有人来，小女孩哭得更凶。

裴子柚下意识地想把小女孩拉出来，却见程意萝已经想也不想就跳了下去，蹲下身抱住小女孩，安抚着：“乖啊，宝贝，没事了，不哭不哭。”

小女孩紧紧地抱住了这个像超级英雄一样的大姐姐，再也不撒手。然后，程意萝发现了一件尴尬的事，她抱着小女孩根本站都站不起来，更别提抱着她跳出来。她只能求救似的看着裴子柚，裴子柚哭笑不得，伸出手，小女孩却怎样都不肯让他抱。最后，裴子柚只得咬着牙，把程意萝和小女孩一起拖了出来，三个人跌到一处，狼狈极了，小女孩忽然咯咯笑出了声，仿佛，这是一个多么有趣的游戏一样。

“程意萝，你好重啊！”他故意抱怨。

雨终于哗啦啦地下了起来。

2

他们把小女孩送到了附近的派出所，不一会儿，心急如焚的孩子父母和哭天喊地的奶奶推门而至。

程意萝和裴子柚悄悄离开了。

经过便利店，裴子柚拉程意萝进去，他泡了两碗面，又特意给程意萝买了热乎乎的关东煮。

程意萝像馋猫一样，吸溜了一口面汤，觉得暖和极了。

其实裴子柚的衣服比她湿得还多。在去派出所的路上，裴子柚仅有的一把雨伞几乎都遮在她和小女孩的头顶。这个男生看似大咧咧的，其实是个心思细腻的人，让人觉得温暖。

“意萝2号”高兴起来。

她吃得眉飞色舞，却冷不防被裴子柚扯过胳膊，然后，一个创可贴被重重地拍在了她的胳膊上。

“你怎么总是冒冒失失的？那么大的豁口让你钻，也能把胳膊划伤。”男生数落着，然后开始慢吞吞地吃着自己的面。

“意萝2号”高兴得要飞起来。

他瞄着她弯弯的眉眼，不禁也笑起来：“程意萝，你和大家眼里的你完全不一样。”

她撇撇嘴。

“干吗非要住在壳里呢，做一个真实的自己不好吗？”

“我又不是蜗牛，我什么时候住壳里了？”她才不承认，被人看穿是一件多么难堪的事，“但是，我可能真的不像你们想象中的那样，我可能……反正，我有很多缺点，我都不愿意直视自己。”

她说得一本正经，他笑而不语。

她似乎和他想象中的一样，似乎又不太一样。在她轻声细语地安抚小女孩的那一刻，他仿佛才看清她最真实的那一面，柔软、善良、清澈，又明亮。

“像猫。”他淡淡地说。

“嗯？”

像猫一样的女生，在人前总是一副傲娇的样子，实际上软萌得不像话。

“猫怎么叫？”

“喵……”

程意萝条件反射地叫了一声。

裴子柚笑得肚子疼，从书包里摸索出一支笔，在她的创可贴上写了“必胜”，落款P。

“程小萝，这是各种考试必胜的护身符，免费送你啦。”

裴子柚嬉笑着，然后如愿地看到程意萝的脸色一会儿红一会儿白。

P啊……程意萝战战兢兢地看着那个字母，“意萝2号”则在她心里飞速地思考着。

“P是什么意思？”最后，她佯装无意地问出口。“意萝2号”忐忑地缩成一团。

“P？我姓名的首字母啊！”裴子柚掩住眼底的笑意，一本正经地解释道。

“哦。”她观察着他的神色，放松下来。

窗外大雨如注，落地窗上的雨珠连成串，像跃动的音符。程意萝好久没有过这样惬意的时光，在紧张的学习节奏里能有这么一小会儿可以放松的时间。当然，这份轻松要感谢裴子柚。因为，她心里唯一的对手裴子柚也在和她一起浪费时间啊！

这样多公平！

“意萝2号”一边感受美食，一边狂笑起来。

雨大得在地面上笼起了薄雾。

姜湛穿着黑色的人字拖，手里举着一把黑色的伞，左手的黑手套不知何时被淋湿了，也滴滴答答地向下滴着水。

他也不知道自己在那棵香樟树下站了多久。

便利店的落地窗后面，有两张熟悉的面孔。那女孩笑得尤其明亮。

姜湛是下楼来找吃的的。他喜欢这初夏傍晚的雨，索性在雨里走了一会儿，走着走着，就到了这家不算远的便利店。

意气飞扬的少年和明媚动人的少女，他们才是十六岁该有的模样。

姜湛的眼神黯了黯，他把伞向下拉了几分，遮住自己脸上的失落，却又毫不迟疑地掉转方向离开了。

3

英语竞赛设了网络直播，学校特意组织高一年组通过多媒体观看。

骆珞既紧张又兴奋，甚至悄悄准备了一袋薯片，趁着老杨不在的时候，一边看直播一边“咔嚓、咔嚓”地吃薯片。

陈柘打趣她：“骆珞，你以为是看电影啊？”

有人觉得好笑，也有人用眼神表达对骆珞这种行为的嫌弃，还有人很服气地说：“确实像看电影，你看咱班程意萝，平时看着不显眼，关键时刻还挺上镜的，真有气场。”

马上有人接口道：“就是，你们看裴子柚那气质多像青春片的男主角，神采飞扬的。”

骆珞大力点头表示认同。

一直打瞌睡的姜湛终于坐起身扫了一眼黑板上的投影屏，他的目光淡淡掠过程意萝的脸。他没见过这样的程意萝，沉着又自信，像一个勇敢的战士，或者，她原本就是这样的人，她一直都是一颗闪闪发光的小行星，只是他从前没有关注过她罢了。

最后一个环节是英语趣味游戏“你说我猜”。这一环节对他们来说是相当关键的，他们现在只比对方领先一分，也就是说，这一环节的所有题都答对了，他们才能以一分之差险胜。如果稍有差错，那么冠军很可能花落别家。

程意萝和另一个女生准备上场了，集训的时候老师特意安排她俩一组，专门练习这种题目，默契度还是挺高的。

姜湛看着她的小马尾辫晃荡着，心里想，多像一只骄傲的小狐狸。他心里涌起一丝奇怪的情绪，他为她骄傲，因为她曾那么灿烂地对他笑过。但是，那份悸动很快又被苦涩掩盖，他们确实永远不能成为朋友，他们就像地球的两极，一个在光明里，一个在黑夜里，他们不在同一个世界。

在众人的瞩目中，程意萝身后的女生微微弓着身子，脚步有些拖沓。主持人宣布比赛开始的刹那，女生蹲了下去，看神情有些痛苦。

教室里立时一片喧嚣，大家猜测着是不是她过于紧张。大家不明所以地看着屏幕，现场也略显混乱，很快有人将女生扶了下去，带队老师同程意萝耳语了几句，程意萝的神色似乎也有些慌乱。然后，有替补队员上场，与程意萝击了个掌。

“替补是裴子柚！”骆珞最先喊了一声。

“裴子柚和程意萝搭档？他们俩能行吗？”也有人怀疑，毕竟这两位在大家的意识里一直是针尖对麦芒的劲敌。

姜湛的眼神再度黯了黯。他想起下雨天并肩坐在窗前的少年和女孩，心里反而有一个声音在说，他们会是最好的搭档。

果然，程意萝的状态很快平稳下来。两个人配合默契，反应敏捷，倒像是私下里一起练习过的老搭档。眼看着他们的分数要追上冠军队了，大屏幕出现了一个词——shell。

陈柘极其坦荡地大声问道：“这个词是什么意思？”

也不知道他在问谁。

“外壳。”骆珞率先答出来，“这个很简单吧，这一分肯定能到手了。”

裴子柚的脸上似乎有个调皮的笑容一闪而过。骆珞揉揉眼睛，不知道是不是自己的错觉。作为他们学校“门面担当”的裴子柚，始终保持着高冷的气质，一直不曾外露过任何情绪。

隔壁班的教室里，最熟悉裴子柚的同班同学，也捕捉到了那抹熟悉的笑容，忍不住担忧起来：“大柚子不会是要暴露本色吧？可千万要正经一点儿啊！”

只见大屏幕上的裴子柚突然郑重地看了一眼程意萝，然后用英文说道：“你包裹在身上的……”

镜头切过带队老师的脸，她脸上的笑容仿佛凝固了。场内场外的观众都有些惊讶，这是什么描述？学霸也有紧张的时候吧？毕竟这题很关键。

只有姜湛，听到裴子柚的表述后，心里微微动了动。

程意萝瞪了裴子柚一眼，裴子柚眼里明显闪过笑意。眼看着时间快到了，程意萝只得硬着头皮开口答道：“shell。”

大家都松了一口气，继而响起热烈的掌声。

“这也能答对？学霸就是学霸，思维都异于常人。”陈柘啧啧赞叹着。

大家都这样认为，没有人去思考为什么程意萝能够回答出这个问题。骆珞反而不出声了，神色黯淡。

“我怎么觉得裴子柚看程意萝的眼神带着宠溺呢？”有女生笑起来。

“是啊，这两个人看起来心有灵犀，我男神和我女神什么时候培养出来的默契啊？”

“他们俩……说的是暗语吧？他们之间竟然有暗语，交情真是不一般啊！”

“你们懂什么？这叫惺惺相惜！”

大家七嘴八舌地议论着，在最近几天的时间里，裴子柚和程意萝恐怕都会是话题的焦点。

姜湛嘴角露出一抹自嘲的笑意，继而又趴在桌上打盹。那两个本来就光芒万丈的人，聚在一起的光芒更耀眼，让人……自惭形秽。

只剩最后一个词了，如果他们俩能圆满完成这个任务，冠军就稳稳到手了。大家玩笑归玩笑，都不由得多了几分紧张。

裴子柚看着大屏幕上闪现出来的词，明显怔了一下，全场静寂，评委老师也暗自惊讶了一下。大屏幕上出现的是MEO三个字母，中地球轨道，这是一个专属名词的英文缩写，显然对高一的他们来说，太生僻了。

程意萝也意外地看见裴子柚脸上的难色，她握了握拳头，掌心有些冷汗。

裴子柚清清喉咙，定定地看着程意萝，开口问道：“猫怎么叫？”

观众席上有人下意识地笑了几声。教室里，陈柘也干巴巴地笑了一声。骆珞放到嘴边的薯片掉到了地上。

学霸的人生啊，太苦了！

程意萝敛住眼里的诧异，迎着裴子柚的眼神，缓缓地开口：

“MEO。”

她在裴子柚的眼里看见止不住的笑意，像湖面上闪烁的晨光。

果然，片刻的静寂之后，全场掌声雷动。

学霸的人生啊！真是太牛了！

4

因为夺冠，回程的大巴上，气氛特别轻松。也有人好奇，追着程意萝问：“程意萝，你是怎么猜出最后那两个词的？”

还有人弱弱地说：“我觉得吧，最后那两个单词的提示方式有点儿不够直接。”

这人说着偷偷瞄了一眼裴子柚，小心翼翼的。

程意萝瞥瞥裴子柚，裴子柚脸上盖着一本书，靠在座位上打盹。他倒是把自己撇得一干二净，明明是他带歪了题目，却没人敢直接去问他。

程意萝清清喉咙，开启了学霸模式，从量子摩尔定律，讲到大气层的形成原理，最后分析出答案。尽管大家听得云里雾里，却不得不佩服程意萝的思维能力和知识储备量。然后各自的危机感又加重了几分，暗暗下定决心，回家要多做几套题。

裴子柚缓缓拿下脸上的书，因为憋笑太厉害，五官都要变形了。

他看向程意萝，说了一句话。程意萝没有听清，眨着眼示意他再说一遍。裴子柚这次没说话，只竖起大拇指。

程意萝得意地甩了甩辫子。

男生再也忍不住，转头望着窗外，车窗上映着他的笑脸。

程意萝忍了一会儿，悄悄地问裴子柚：“可是，MEO到底是什么意思？”

裴子柚讶异地看着程意萝：“你是蒙的？”

程意萝眼神忽闪地摸摸鼻子，其实也不算是蒙的，猫的叫声在漫画书里就是这么拼的呀！

裴子柚郑重地看着她。

“意萝2号”“哼”了一声：看吧，那家伙要鄙视我了。

裴子柚凑近程意萝，在她耳边说了五个字：“我也是蒙的！”

他们两个静静地对视了一眼，心照不宣地点点头。学霸和学霸之间终于有了不可告人的秘密。

程意萝满意地坐直身体，闭上眼准备打个盹。突然，脑海里灵光一闪，她忽然意识到，之前裴子柚那句无声的话应该是“好猫”。

她怒气冲冲地喊了一声“裴子柚”。

大家循声望过来，有人连忙问：“怎么了？学霸小姐姐你怎么不高兴了？”

要和同学团结友爱。程意萝深吸一口气，缓缓答道：“打扰大家了，我刚做了个梦。”

大家相互交换着了解的眼神，难怪他们俩在台上能配合得那么默契，原来他们在梦里都有交集。

裴子柚双肩微微颤动着，真想放声大笑啊！

他心里从未如此明亮，满满都是那女孩的模样，像一颗小太阳。然后，有一抹说不清的失落又悄悄涌上心头，英语竞赛结束，他们就没机会在一起训练了，少了捉弄她的机会，日子多么无聊啊！

5

学校操场边设有一个大大的光荣榜，每次考试之后都会张贴百名榜的照片，一张张意气风发的面孔，配上他们的人生座右铭，别提多耀眼了。骆珞虽然从来没有过上榜的机会，但是极其珍视这块“阵地”，因为稳居前列的是她最好的朋友。每次走过光荣榜，骆珞都恨不得用纸巾把程意萝的照片擦了又擦，逢人就会炫耀——这是我最好的朋友。

很长一段时间里，程意萝和裴子柚的照片都没有换过，只是这一次，老师问他们需不需要更新的时候，两个人同时更换了座右铭。若说从前，人们还没有太留意这个巧合，这次竞赛直播之后，大家的关注点都放到了程意萝和裴子柚身上。

“你们注意到没有？程意萝和裴子柚每次上百名榜都是挨着的。”有人总结出这个规律。

“就连他们的座右铭都很有默契，程意萝写的是——左边的同学，请注意防守。裴子柚写的是——右边的同学，请增强火力。”

“天哪！这哪是座右铭啊！这分明是战书啊！啧啧，学霸们就是与众不同，下战书都这么默契。”

女孩子们叽叽喳喳的，说着说着又回到了明星趣事的主题，一时间，光荣榜成了著名的打卡胜地。每到课间，总会有人围过来感受一下这与众不同的“座右铭”。当然，也会有不同的声音指向程意萝，带着嘲讽和几分嫉妒。

骆珞有些说不出的怅然。

这天放学骆珞值日，离开教室的时候，班里几乎没有几个人了。她懒洋洋地走出教学楼，下意识地往光荣榜的位置看了一眼。即使是这样的大雨天，竟然还有人在打着伞围观学霸们的宣言。三柄彩色的伞凑在一处，在傍晚的绿荫里格外醒目，却将打伞的人遮挡得严严实实。

骆珞慢悠悠地走过去，有细碎的声音穿透雨帘。

“你快点儿涂，那边好像有人来了。”

“哎呀，好像是和程意萝要好的那个女生。”

“你不要回头，反正她又看不见我们在做什么。”

骆珞的听力天生敏锐一些，她脚步稍稍停顿了一下。换作平时，她早就上前一步看看她们鬼鬼祟祟地到底在做什么。她也说不清这一刻的自己是怎么了，她只停顿了那么一刻，像没看到、没听到一样，走了过去。

好像有一声若有若无的叹息从风里传过来。

骆珞迟疑着回头，身后空无一人，而不远处，那三柄伞仍旧停留在光荣榜前面。她咬咬牙，索性小跑起来，任由雨点甩到校服裙摆上。

姜湛缓缓活动了一下身体，坐得久了，右腿有些酸麻。

这讨嫌的雨，在六月里下得没完没了。他偏偏是个不爱带伞的人。光荣榜上面有一尺宽的遮阳篷，他经过这里，转头看看照片上熟悉的女生，有豆大的雨点恰好落在他眼角，像眼泪一样。他擦擦眼角，翻身坐上光荣榜后面的围栏。他想，那就在这里避个雨吧。

女生有时候真是让人费思量的一种生物，你想不通她们的嫉妒来自哪里，明明她们与程意萝素不相识。

姜湛并不打算管闲事，刚好，骆珞来了。他继续懒洋洋地看着天，天空就像漏了洞一样，他不知道这雨什么时候才能停。但是出乎他意料的是，骆珞无知无觉地走了过去。

姜湛叹了一口气，还是要管这场闲事。

姜湛走到她们身后，只清了清嗓子，还不等说什么，只听耳边响起几声尖叫，女孩子们早已吓得跳起来，一溜烟地消失在雨雾里。

面前的照片上，程意萝的脸被涂抹得很滑稽。姜湛微微皱起眉，掏了张纸巾出来，想要擦掉那些油彩。黑色的油性笔，很难擦去印记，他努力了一会儿，然后捡起被女孩们丢在地上的笔。他想，程意萝既然那么介意裴子柚这个对手，那索性把裴子柚的照片也涂了，她应该就不会觉得太难堪了吧。他拿着笔，在裴子柚的照片前迟疑了片刻，最终还是把手放下来。

“同学，你干什么呢？”严苛的男声自身后响起，随后，还不等他解释，那声音更严苛了几分，“恶意涂抹公物，你哪个班的？”

姜湛回头，看见张主任乌云密布的一张脸。

“哎哟！姜湛，又是你！”张主任显然也认出了他，痛心疾首地手指姜湛，气得说不出话。

人们总是会习惯用固有的思维去判断一个人或者一件事。轻易地给人定性其实是一件愚蠢的事。

姜湛耸耸肩，什么也没说。

他忽然想知道，程意萝会有什么反应呢？她也会认定这件事是他做的吗？

6

第二天，关于姜湛被通报批评的消息照例在班里沸沸扬扬地流传了一会儿，然后大家见怪不怪地开始上课。下课后，立刻有好事者跑去围观光荣榜，被涂抹的照片果然被撤了下去，新照片还来不及张贴。

姜湛搞恶作剧从来都不需要理由，只是这一次大家好奇的是，他为什么偏偏只涂抹了程意萝的照片？

陈柘清清嗓子开始发表自己的见解：“程意萝同学的绰号是什么你们忘了吗？她可是著名的圣斗士少女！程意萝同学最喜欢同一切违纪行为做斗争，当她的同桌是很辛苦的事，心胸狭隘者当然会想要打击报复。也就只有鄙人心胸宽广如海，能体会到程意萝同学的良苦用心，在程意萝同学的熏陶下，我的灵魂得到了升华……”

嘘声四起。但是大家对陈柘的前半段话倒是赞同的，就连老杨大概也是这样认定的。

中午休息，老杨特意把程意萝和姜湛喊到办公室。

“你们两个最近有什么矛盾吗？”老杨循循善诱。

程意萝摇摇头，姜湛毫无反应。

“姜湛！程意萝同学是我们班最优秀的学生之一，能和她做同桌是一件很幸运的事，如果你肯用心观察，你会从程意萝同学身上学到很多优点。以彼之长，补己之短，才是一个人虚心进步的好方法。”

程意萝极力忍住了一个呵欠。姜湛仍旧毫无反应。

老杨有些无奈，只得尽力露出和蔼的笑容，温和地看向程意萝：“程意萝，如果你需要老师给你调换位置，可以提出来。”

“杨老师，没关系，姜湛从来都没影响过我的学习，我觉得……这件事可能是个误会。”程意萝乖乖地说。

老杨敲了敲桌子，看向姜湛：“你看看，你同桌受了委屈还在为你辩白。”

姜湛终于淡淡地吐出三个字：“不需要。”

他轻轻握紧戴着手套的左手，就在程意萝话音刚落的时候，他的左手竟然动了动。她说，这件事儿可能是个误会。她终究还是了解他的。

四十多岁的中年男人尽量压制住怒火，面色平和地摆摆手：“你们回去吧，有问题要及时沟通，不要背后打击报复。”

走廊里空荡荡的，只有雪亮的阳光铺在深灰色大理石的地面上。走出办公室，程意萝长长地吐出一口气，身旁的男生仍旧一言不发。她看看地上的影子，他竟然比自己高了那么多。

“那个……”程意萝摸摸鼻子，“我们是不是有什么误会啊？”

姜湛微微扭过头，盯着程意萝看了一眼。

程意萝被他看得有些慌，讪讪地笑了一下。

她其实只是想问问他，为什么最近忽然对她这样疏离？或许有什么彼此误会的原因。可是这句话落在姜湛耳朵里，就变成了另一种意思。原来，刚刚她在老师面前说的那句话，当真只是客气地为他辩白一下而已，她心里想的应该是因为两个人有某种误会，所以他在光荣榜上涂花了她的照片。

在这世界上，不要去期待有人会真的了解你。

姜湛仍旧什么都没说，双手插在口袋里，径自走开了。

有什么好解释的？让懂的人懂，让不懂的人不懂，让世界是世界，我甘愿是我的茧。他心里苦笑了一下，这句话是程意萝写在日记本里的座右铭呢。

他也不知道为什么自己会觉得失望，明明没有期待过什么。

7

姜湛出了教学楼，漫不经心地沿着树荫走。

六月的江城，早已露出了火炉城市的本色。

他也没什么好去处，学海无涯苦作舟的人才会留在教室里。他最近总去钻学校的消防通道，倒是发现了一个安静的地方。学校后面不远有一处废弃的商业城，因为工程质量问题准备拆迁重建，如果不计较满是灰尘的环境和“高危建筑”的警示牌，倒是个避暑和打盹的好地方。

没有人知道他为什么白天那么爱睡觉，因为每个长夜都令人太煎熬。他总是失眠，在断断续续的睡眠里，会做各种纷乱的梦——梦见姜沁和爸爸，梦见外婆，梦见满地雪白的姜花在一瞬间变成萎黄的颜色。

姜湛习惯性地向学校后边走，冷不丁和骆珞走了个面对面。骆珞原本不想打招呼的，可到底没忍住，忽然开口对姜湛说道："明明不是你做的，为什么不解释？"

这件事一公布，骆珞第一反应就想起那三个鬼鬼祟祟的女生。但是，她没和任何人说，甚至都没有和程意萝说。

骆珞有些困惑，她不知道是不是一个人渐渐长大，心里就会生出许多缝隙，原本很单纯的快乐就会变得复杂起来。

姜湛忽然看着骆珞笑了一下，那笑容带着些许阴郁与鄙夷，竟让骆珞有些不安。

他说："你明明看见了，为什么不阻拦？"

原来他都知道。

"你胡说什么？我才没看见。"骆珞说完，慌张地跑开了。

她也问过自己很多遍，为什么没有阻拦？她不敢回答自己。

骆珞微微叹了口气。她想告诉程意萝，她开始有忧愁了。

而留在教室里的人也不完全都是在遨游学海，比如陈柘。

陈柘无聊地靠着墙坐着，耳朵上夹着一支中性笔。书桌里的电子闹钟突然"嗡嗡嗡"地振动起来，虽然他的这个闹钟每天中午都会响，前桌的同学还是被吓了一跳，回头抗议了几声。

陈柘笑着赔了个不是，回手按掉闹钟的消音键。然后，从书包里掏出一个大药片，脖子一仰，直接咽了下去。真苦。他慢吞吞地打开水瓶，一口气喝掉了大半瓶水。

仍旧有人笑他："陈柘，你可真像个老头儿，每天准时吃维生素片。"

陈柘笑得老气横秋，语重心长地说道："年轻人，养生要趁早啊！"

话音刚落，只见程意萝从门外进来，陈柘暮气沉沉的脸色立刻一扫而光，他像兔子一样蹦起来，三两步蹿到程意萝旁边，在姜湛的位置上坐下来。

"老同桌。"陈柘侧过身，单手倚着书桌，摆了个帅气的姿势，"心情不太美丽？要不要换个同桌？要不要考虑一下我？"

程意萝眼皮也不抬，只专注地把英语练习册从一摞书里挑出来，嘴里仍友好地回复他："陈柘同学，我心情很美丽，多谢你关心。"

"怎么可能？学霸的尊严受到了侮辱，不愤怒？不委屈？"

真是少见的话痨啊！"意萝2号"叹口气。

程意萝保持着自己一贯低调谦逊的态度，看了看陈柘，说道："尊严是不会轻易被侮辱的。我妈告诉我，一个人要用实力说话，只要够强，就能有坚硬的铠甲。如果你够强，在你眼里，那些低级的小动作就像小丑的表演。"

陈柘眨巴眨巴眼睛，"哈哈"地傻笑了两声，最后只干巴巴地说了一句："加油。"

程意萝讲话的样子真是自信又美丽……他索性又傻笑了两声。

这位同学有点儿傻乎乎的样子啊！"意萝2号"感叹道。

在程意萝看来，涂抹照片这种行为的确就像是小丑的表演，无非是暴露了狭隘的嫉妒心。这种事儿，怎么可能是姜湛做的？姜湛没有做这件事的任何动机。如果冷静一点儿分析，多半和裴子柚的迷妹们有关。只是姜湛那个人，一向万事无所谓，真不知道他怎么会愿意为别人背锅。

想到姜湛，程意萝就有些郁闷。

8

下午第一节课，姜湛又旷课了。她猜想，他一定又躲在哪个角落里睡着了。

下课的时候，程意萝和骆珞一起去洗手间，忽然听得隔间外有几个女生在嘀嘀咕咕地聊天，姜湛的名字不时被她们提起，还夹杂着讥笑声。

“难怪大家都说姜湛那个人很怪，哪有被误解了还替人背锅的？竟然都不知道解释。”

“哎呀，多亏了他不解释，要不然追查下来，我们不就遭殃了？”

“就是就是，你不要再提了，小心被人听到。”

“怕什么？反正这事儿已经过去了，再说也没有人给他做证，他可是被教导主任抓了个现行，除非骆……”

那个女生话没说完，骆珞一脚踢开隔间的门，霸气地说道：“原来姜湛是被冤枉的啊！你们几个，去主动承认错误吧。”

她只是不想听见自己的名字被她们说出来，抢先打断了她们的对话。

女生们吓得脸色都变了，有人站出来，强装镇定：“我们听不懂你在说什么。”

程意萝也走出来，淡定地举起手里的笔：“你们说的话，我已经录音了。你们还是主动去认错吧，不然我就把录音笔交给老师了。”

姜湛大约怎么都想不到，自己的清白竟然是骆珞和程意萝在女生洗手间为他找回来的。

事后，骆珞诧异地去拿程意萝的录音笔，程意萝哈哈大笑起来：“假的，只是一支中性笔而已。”

“这也能吓唬住她们？”

“当然，不做亏心事，不怕鬼敲门。她们本来就心虚，我这么一吓，她们自己就乱了分寸。”

骆珞含糊地应了一声，没再说什么。

如果是从前，遇到那种情况，她早就义愤填膺地去阻止她们了；如果是从前，她一定会按捺不住地把真相告诉程意萝。

“意萝。”骆珞皱起眉头，“如果在我和裴子柚之间只能选一个人做你的朋友，你选谁？”

程意萝愣了愣，然后大笑起来，她伸手戳了一下骆珞的额头：“我怎么可能会选裴子柚做朋友？”

骆珞附和地笑起来。

她更想问问自己，当一个男生莫名其妙地出现在自己和好朋友之间，自己的选择是什么？

9

真相被公布，姜湛再一次成为话题的主角。就连老师们都觉得有些不可思议，哪有人会冷淡到这样的地步，就连自己被误会都不辩解？

他哪里是真的看淡？小时候的那场事故就像一根拔不出的刺，深扎在他心上。他也曾竭力解释，又有谁相信他呢？

放学铃一响，裴子柚早早地就等在了六班门口。姜湛却看也不看他，面无表情地走了过去。

“不会是得了面瘫吧？”裴子柚喃喃自语，却见程意萝随后也走了出来。

笑得一脸明媚的小姑娘，显然心情很好，却在看见裴子柚之后，板起面孔，只高傲地仰着头。裴子柚伸出去打招呼的手尴尬地停留在半空。

“面瘫不会也传染吧？”他继续喃喃自语，“嗨，骆珞。”

骆珞看看裴子柚，又看看走在前面的程意萝，似是相当为难，最后，只得回应了裴子柚一个不冷不热的微笑。

“世界有点儿奇怪，人们都变得很奇怪。”裴子柚摇着头，冷不防被他的好哥们儿从身后拍了一下。

“大柚子，别整天傻笑，期末考试没几天了，快回家用功去。”

裴子柚懒洋洋地跟着人群走，经过光荣榜，他转头看了看程意萝的位置，那里还空着。他眼前却浮现出她高傲地仰着头的样子，那么傲娇，真是可爱。裴子柚的心情其实是极好的，他不信姜湛会做那么肤浅的事，果然不是他呢。

Di-ba Zhang

第八章

她的小花园，没有开出一朵花

我也曾经以为自己内心荒芜，却从来没有意识到，在我为了朋友付出真心的那一刻，我的花园已经那样繁茂葱茏。

也许，自诩晦暗的你，恰是他人的启明星。

1

有老人在地铁口卖花，程意萝一眼看见了姜花，特意买了一大把。走到家门口，心里有些忐忑，老妈又要批评她乱花钱。

进了门，她特意献宝似的把花递到妈妈面前，谄媚道："鲜花送美人。"

程爸爸在一边笑起来，帮女儿说了几句溢美之词。

程妈妈难得没发脾气，只瞄了那花一眼，随口说了一句："香得能熏死人。"

程爸爸把程意萝扯到一边，问道："意萝，你那个同学最近都没到游泳馆来，你有他的联络方式吗？"

程意萝警觉地问："你找他干什么？"

"马上放暑假了，让他来我们队训练啊！那么好的苗子，培养培养，说不定可以进省队。他学习怎么样？或者，他可以考虑一下考体大啊！"

程爸爸的游泳队最近颇有些青黄不接的窘境。

程意萝没说话，心里却有个小心思动了动。考体大，对文化课的成绩要求不是太高，对姜湛来说，未尝不是一个好的选择，何况，他游泳水平确实不错。

程妈妈突然插言："你们说的是哪个同学？男生女生？有什么事是我不知道的吗？"

程意萝看了爸爸一眼。

爸爸哈哈一笑："啊……意萝有个同学经常去我们馆游泳，我想动员他参加游泳队，不过……意萝好像和他不太熟。"

程意萝干巴巴地接了一句："关系的确不太好。"

她可没说谎。

好在，程妈妈也没继续追问，她忙着找东西，四处乱翻了一会儿之后，转头问程意萝："你见没见过一张发票，我上次给骆珞买裙子的发票？"

程意萝摇摇头："那条裙子都过了退换期了，发票也没什么用了。"

程妈妈脸色有点儿低沉："快回房间学习去，马上就期末考了，吃饭时间再出来。"

程意萝吐吐舌头，乖乖地抓起书包回了房间。

"意萝2号"不开心地发着牢骚：未成年人太没有家庭地位了，简直像皮球一样被父母踢来踢去。

门外传来父母的低语，程意萝努力地把耳朵贴在门缝上。

"都怪我，这么早就把礼物买好了，想退都退不了。可是当时正赶上商场店庆，确实便宜很多呢。"

老程的声音响起来："你这个人也是，买都买了，还退什么？"

"老骆的公司摊上事了！现在外面都传开了，和他们家有业务往来的都堵着老骆要钱呢！就这种情况，你说他们还能有心情办生日会？"

老程有些恼怒："办不办生日会，那一天也是孩子的生日，礼物是送给孩子的，又不是拿来装点生日会的。你这个人，有时候真是过于势利。"

"姓程的，你说我势利？我势利还会跟着你过了这么多年苦日子？"

"好了好了，我不和你吵，别影响意萝学习。"

"你以为我愿意和你吵？我是太委屈！我这么多年心里苦啊！"

"怕了你了，我去炒菜。"

像每一次平平常常的聊天一样，最后都以争吵和对峙告终。

程意萝的手按在门把手上，她很想出去问问妈妈，问问她在给骆珞准备的每一份礼物里，可曾赋予过真心。又何止是骆珞呢？自己每一年生日收到的礼物，哪一份不是虚荣心的附属品呢？

程妈妈的手机忽然响起来，她低低地讲了两句话，转头喊程意萝出去接电话。

真是说曹操，曹操到，也只有骆珞敢把电话打到程妈妈的手机上。

“喂。”程意萝刚一出声，就听见电话那端传来抑制不住的笑声。

“意萝意萝，你猜我和我妈刚刚去订了什么蛋糕？”

“意萝2号”难得没腹诽。

程意萝耐着性子说道：“冰淇淋的，你最想吃的哈根达斯的冰淇淋蛋糕。”

“嘻嘻，我们果然有默契呢。我妈订了一份超大的冰淇淋蛋糕。”骆珞说着说着声音低了两分，“你说，我们可不可以邀请几个同学来呢，比如……”

“裴子柚？”程意萝冷着脸说出这个名字。

程妈妈看了她一眼。

“不知道他会不会答应，你和他是不是比较熟一些？”骆珞问得小心翼翼。

程意萝看看妈妈，笑了两声：“不熟不熟，我们只是竞争对手关系。”

她听见骆珞的声音清亮了几分，骆珞说：“反正你要帮我，我们明天商量一下，都请谁来参加生日会比较好呢？十六岁，我妈说要把仪式感做足，因为这是一生只此一次的花季。”

程意萝含糊地应了两声，心里想着妈妈之前说过的话，看这情形，生日会是不会取消的。骆珞妈妈才是真的会表达爱的人，她从来不忘给骆珞生活赋予仪式感，哪怕家里变得窘迫。

“裴子柚是和你一起参加英语竞赛的男生吧？”程妈妈淡淡地问。

“嗯。”程意萝没多说什么。

“那男孩子看起来不错，很聪明，这名字也很耳熟。”

“当然，每次考试都在我前面。”

“哦……”程妈妈若有所思，“那你要和他搞好关系，看看人家有什么好的学习方法，不要把对手当敌人一样横眉冷对。”

程意萝把手机递过去，愣怔了几秒钟，忽然缓缓地问道：“妈，在一个人的一生中，十六岁重要吗？”

程妈妈戳了一下她的脑门，说道：“十六岁离高考只有两年了，千军万马的独木桥，你说重要不重要？重中之重！”

“意萝2号”忽然笑了起来，笑得有些难过。

她好像一直是个有点儿迟钝的小孩，在关于成长这件事上。

骆珞妈妈说十岁生日需要更多的仪式感，十岁，是人生第一个完整的数字。程妈妈说，当然了，十岁，是小学的分水岭，从低年级过渡到高年级，谁强谁弱一下子就看出来了。

骆珞妈妈说十二岁的生日也需要郑重一些，生命里的第一个轮回。程妈妈说，当然了，十二岁，小升初的关键期。

骆珞妈妈说每一个生日都值得被珍视，它就像人生旅程中的车站，一站又一站，停歇一会儿，捡拾身后的美好，补给新鲜的热情和勇气，然后继续精神抖擞地出发。

程妈妈说，当然了，每一个生日都提醒你们，时间在消逝，人生在变短，必须惜时如金。

现在，骆珞妈妈说，十六岁，花季来了。

程意萝看看自己的心，“意萝2号”对她耸耸肩说，这里只有荒草，没有繁花。

她的小花园，没有开出一朵花。

2

高中生的时间似乎比常人的要流转得更快一些。程意萝还没做完桌上那一摞厚厚的卷子，期末考就来了。

考试前一天分了考场。午休的时候，骆珞兴奋地跑回教室，她看了程意萝几眼，到底还是按捺不住，走过去悄声说道：“意萝意萝，你是第几考场？你猜裴子柚在第几考场？”

程意萝只漫不经心地看了旁边的姜湛一眼，展开手里的数字条，上面赫然写着十九考场的字样。

骆珞愣了一下，然后笑起来：“第十九考场，和我一个考场啊！”然后，她压低声音说道，“裴子柚也在十九考场。”

尽管她语气平淡，却掩饰不住眉眼间的激动。可以借着同考场的机会，邀请他参加生日会，也许他会答应呢。

陈柘大咧咧地走过来，非常自来熟地参与进来：“骆珞，你运气真不错啊，和两个大神同一个考场，肯定能沾到好运气。”说着，把手小心翼翼地搭在姜湛的肩膀上，“姜湛，你也是在十九考场吧？”

姜湛的数字条就放在桌子上，骆珞之前显然没有注意到。骆珞的神色冷了几分，陈柘得意地冲她挑挑眉毛，展开手里的数字牌：“真是千年修得同船渡啊，亲爱的同学们，我也是第十九考场！”

说着，陈柘又凑近程意萝，带着几分讨好的语气：“老同桌，你觉得你这次打败裴子柚的把握有多大？”程意萝笑了笑没说话，倒是骆珞说道：“要你管，一定比你考得好。”

陈柘瞥瞥她，不屑地说道："听说你们把校门口便利店里的考试幸运便笺都买光了。"

教导处张主任的身影突然出现在教室门前，陈柘和骆珞同时迅速地蹲下身去。

程意萝忍着笑，跺跺脚："行了，警报解除，你们还是抓紧时间去看看书吧。"

两人横眉冷对地看了彼此一眼，各自迅速蹿回座位。

姜湛伸了个懒腰，然后扬扬手，起身走出了教室。在他起身的瞬间，有个东西轻飘飘地落在了程意萝的桌子上。程意萝捡起来看了看，脸色顿时变了。那是一张粉色的心形卡片，一面写着"逢考必过"，另一面写着"金榜题名"，上面还点缀着樱花的图案。

这就是传说中的考试幸运便笺！之前，程意萝陪骆珞去买过。只是，她是等在便利店门口的，要是让人知道她程意萝还需要买这种东西，未免有点儿太没面子。

可是，姜湛是什么意思？这是送给她的？

程意萝貌似不经意地向周围看看，确定没有人注意自己，这才悄悄掏出桌洞里的日记本，把幸运便笺夹了进去。

她长长地呼出一口气。

3

姜湛走出教学楼的时候，大脑仍然有些空白。他甚至有几分懊恼，猜不出她会有什么反应。

昨天放学的时候，姜湛看见程意萝在便利店门外站了很久，一副局促不安的样子。女生们三三两两地从便利店里出来，有人还特意看她一眼，脸上带着几分惊讶。

"程意萝也是来买幸运便笺的吧？"有人笑着从姜湛身边

走过去。

“当然了，她不是每次考试都年级组第二吗？我猜她对考试也有心理阴影吧。”

“连程意萝都需要幸运便笺，我们也快点儿去买一张吧。”

幸运便笺的“传说”也不知道是哪一届的学姐流传下来的，反正每逢考试，这家小店的生意就会格外好。

然后，骆珞从小店里走出来，她伸手递给程意萝一张幸运便笺，程意萝摇着头，态度很坚决，骆珞笑着把幸运便笺收了回去。学霸就是这样自信，骆珞甚至觉得惭愧，给程意萝幸运便笺简直是侮辱程意萝。

姜湛隔着一条街，看着程意萝的表情，有些想笑。那个表里不一的女孩子呀，她的眼神明明写满了向往，却偏偏做出一副清高的样子。

姜湛蹲在街边，一直等到天色都暗了，等到人群都散了，等到便利店快要打烊了，他这才慢吞吞地穿过街道，走过去，伸手指了指收银台后面的货架。老板热情地抓了一把小卡片放在他面前，他挑了一会儿，抬头问道：“有绿色的吗？”

程意萝应该喜欢绿色，她的日记本是浅草绿，笔袋是豆绿，书包是墨绿，就连她的游泳衣也是绿色系的。

老板摇摇头：“都在这儿了，快没货了，你再晚一天来就买不到了。”

姜湛看着那一堆卡片犹豫着。

老板甩了一张粉色和一张蓝色的出来，说道：“男生选蓝色，女生选粉色，这两种卖得最好。”

门外有脚步声，又有顾客了。姜湛急忙抓了一张粉色卡片。

结果，他觉得自己买了一个定时炸弹。一整晚，他都睡得不太安生。把护身符送给程意萝，这件事远比走进便利店买一张幸运便笺要难得多。第二天他背着“定时炸弹”上学了，他一上午都没有睡觉，他只是想找个机会把那张粉色幸运便笺掏出来。

太阳像个大火球。

还好，他终于把幸运便笺送出去了。姜湛如释重负地站在阳光底下，觉得脸热辣辣的。

操场上几乎没什么人，考试前一天，大多数人还是想要临阵磨枪的。姜湛向着光荣榜的方向走，那里有两排香樟树，可以在树荫下避避暑。程意萝的新照片前几天就被贴了上去了，是教务处的老师新给她拍的。镜头里的程意萝眉头微蹙，一条麻花辫松松散散地斜搭在肩上，她大约是被阳光刺得有些睁不开眼，看上去有些呆。姜湛嘴角微翘，这女孩到底是有多喜欢绿色？梳头发的发绳都是绿的。

裴子柚拍着篮球迎面过来，两个人刚好走了个照面。

这么热的天气还去打球，明显是在耍帅。姜湛斜睨了他一眼。

裴子柚嘻嘻笑着，正想开口说什么，有人从身后追过来，是一起打球的队友，他扔了个牛皮纸信封过来：“大柚子，你又丢三落四的，你的信掉在球场的凳子上了。”

姜湛见裴子柚的脸色变得凝重了几分。

熟悉的牛皮纸信封，仍旧只写了班级和姓名。裴子柚打开信封，看了一眼里面的内容，神色庄重。

姜湛见他脸色不对，想要问一问，迟疑之间，裴子柚已经走远了。

4

你想知道我是谁吗？明天下午一点三十分，到斑布来。

歪歪斜斜的一行字，明显是故意写成这样的，不想暴露身份。

裴子柚把之前收到的那封信拿出来和这一封对比，信封、信纸、字迹，都是一模一样的。他揣测不出对方的用意，是真的不怀好意，还是一场无聊的恶作剧?

整个下午，裴子柚的神色都有些庄重。六班同学奔走相告，一向不把考试当回事的裴子柚终于露出了畏难情绪，看来这场仗的难度升高了，难道程意萝的胜算添了几分?

放了学，骆珞扯着程意萝小心翼翼地追上来。

骆珞主动去搭讪："裴子柚，我们这次在一个考场呢！你、我，还有意萝。"

"哦。"裴子柚漫不经心地点点头，又扭头看看程意萝。他的视线刚和程意萝的视线对上，程意萝立刻转过头去，一张脸紧绷着。

矫揉造作的小姑娘。裴子柚觉得好可爱，他好像生了一种病，只要看见她就想笑。

他刻意敛住神色，随口问骆珞："骆珞同学，你听过斑布吗？"

程意萝有些诧异地看了裴子柚一眼，裴子柚装作没看见。骆珞倒是受宠若惊，连忙说道："我知道呀！"

裴子柚从来没听过斑布的名字，骆珞倒是斑布的常客。

在斑布没有停业之前，它算得上是一个网红奶茶店。午休的时候，常有人从学校后面的消防通道偷溜出去，斑布就在一路之隔的商业城里。骆珞也常去，买一杯奶茶，再给程意萝带一杯柠檬水回来。程意萝那种学霸是不会浪费时间去干这种事的，因此，大多时候都是骆珞独自去那里打发时间。

春节之后，那个商业城出了事故被查封了，因为楼体建筑有安全隐患，所有商家撤了出来。

骆珞详细地解释了一通之后，鼓起勇气说道："虽然斑布已经停业了，但是我知道另一家好喝的奶茶店，离我们学校也不远。等考完试，我请你喝啊？"

裴子柚允诺下来，笑得一脸灿烂。

骆珞拍拍手，又添了几分勇气："裴子柚，我们可以交换电话号码吗？暑假的时候，我和意萝会办个生日会，我想邀请你来参加，意萝也非常期待你能来。意萝，是吧？"

程意萝轻咳了两声。

裴子柚笑眯眯地和骆珞交换了电话号码，然后转头看看程意萝。骆珞抢着说道："意萝不用手机，意萝是老年人。"

程意萝看着裴子柚笑了两声，笑容很慈祥，像个老年人。

分别的时候，裴子柚扬扬手："程意萝，打起精神，你和我只是0.5分的距离，加油！"

校门口有认得他们两个人的同学，顿时响起一片起哄的嘘声。

真是张扬的少年啊，程意萝眯眯眼睛。

骆珞笑得像个花痴："意萝，我真的很喜欢裴子柚的性格。"

那么明亮的男生，笑起来的时候让人想起山川湖海，让人心情舒朗。有谁会不喜欢呢？

程意萝扁扁嘴："我不喜欢。"

"意萝2号"在心里思忖了好一会儿，慎重地点点头，对，她不喜欢。世界上怎么可能有这样的人呢？一点儿缺点都没有？一点儿软肋都找不到？相比来说，她觉得姜湛才更真实。这世间有人活在璀璨的阳光里，也有人活在阳光背后的黑暗里。阳光透彻，而黑暗厚重，藏满了故事。

骆珞见程意萝的神色很平淡，一颗心缓缓落地，心里的天平可以平稳了，一边是最好的朋友，一边是世界上最好的男孩子。她不需要再做选择题了，真好。

5

期末考试这天，是个大雨天。

程意萝的位置在教室的最后面，陈柘与她并排。姜湛在教室第一排，位置和裴子柚挨着。骆珞坐在教室中间，一抬头就能看见裴子柚的侧脸。

上午考了两科，姜湛总是在开考半个小时后就交卷。程意萝微微皱起眉，他一定连试卷都没好好看过，那么敷衍，是直接放弃了吧。但是看见裴子柚的背影，程意萝立刻收敛起涣散的精神。战士在战场上，是不能分神的。

这两科的题都不算难，程意萝对自己还是很有把握的。她也听到过骆珞和裴子柚的对话，看样子，裴子柚发挥也挺正常。

下午的考试两点三十分才开始。骆珞妈妈直接在学校附近的宾馆开了房间，让骆珞和程意萝去午休。程妈妈客气地拒绝了，早早地就请了假，特意等在学校门口。

一接到程意萝，程妈妈就把车开到另一间宾馆。

“妈，我们回家午休也来得及啊！”程意萝有些意外，老妈可是向来不舍得浪费钱的人。

“来回时间太赶了，天气又不好，在宾馆方便一点。”程妈妈解释。

“可是，你以前都不会拒绝骆珞妈妈的好意。”程意萝说。

程妈妈掏出自己带的便当盒：“快点吃吧，吃完休息一会儿，然后再看看书。”

“妈，我觉得你们不是真朋友。”程意萝又说。

程妈妈怔了怔，欲言又止，只催促道：“小孩子懂什么？你抓紧时间，下午容易困，要休息好。”

这次考试学校挺重视的，高二的时候要按这次考试成绩分实验班。虽然以程意萝的成绩稳进实验班，但是程妈妈的目标可是让女儿考第一名。

大雨下个不停，房间里静寂无声。

程意萝看了一会儿下午那科的知识点，困意袭上来，她靠着床头睡着了。

骆珞可睡不着，她给裴子柚发了条微信，匆匆地对了一下答案，心里“咯噔、咯噔”的，错了好几道大题啊！她扭头看看另一张床上的妈妈，不知道是不是错觉，只觉得妈妈的脸似乎憔悴了几分。

时间尚早，骆珞有些坐不住，心里懊恼，进实验班恐怕没戏了。要是能进实验班，就可以和程意萝在一个班了，就可以和裴子柚在一个班了……

裴子柚，你在休息吗？骆珞小心翼翼地又发了一条消息过去。

隔了好一会儿，裴子柚回过来：**在路上**。

真正的大神都是不用休息的。

骆珞跳下床，拎起书包：“妈，我得早点儿去学校，我有道题不会解，我得问问意萝。”

“才一点多，去得太早了吧？”骆妈妈看看手表。

“哎呀，你不知道意萝有多谨慎，每次考试她都早早地去考场，因为一路上要排除各种意外时间。”

骆珞已经跑出了房间，又想起什么，折回来，从骆妈妈的手包里翻出一条细细的小皇冠手链。

“星座运势说，我下午的幸运物是小皇冠的配饰。”骆珞笑眯眯地说着，然后突然凑到妈妈面前，轻轻吻了一下她的脸颊。

马上就满十六岁的女生，仍旧有着满满的小孩子的天真。

骆妈妈倚着窗，看着骆珞撑着透明雨伞的身影消失在街角。她揉着太阳穴，轻轻叹口气，多想永远为这个女儿撑起一片天空，永远守护着她的天真。

6

骆珞在路口等了一小会儿，就看见裴子柚撑着伞从对街走过来。她酝酿了一下情绪，想要制造一场偶遇。却见裴子柚走过马路之后转了个弯，他没有向着学校正门的方向走。骆珞犹豫了一下，扯了扯书包的带子，悄悄地跟了过去。

裴子柚走的那条路通向学校的后面。

红灯闪烁了几下，绿灯亮起来。裴子柚站在斑马线上，似乎停顿了一会儿。然后，他径直向着对面走去。

那是……骆珞有些疑惑，那是去那座废弃的商业城的方向。

“是要去斑布吗？”她莫名地想起他问起过的奶茶店。

商业城原本生意挺好的，但是三楼着了一次火，接着被整顿了一番，然后就被查出了诸多建筑安全问题，被划为危险建筑，听说最近这栋楼将要被爆破了。热热闹闹的一条街，这栋被警戒线围起来的大楼就显得萧条极了。

裴子柚伸手撩起黄白相间的警戒线，弓身钻了进去。商业城的大门上了锁，他推了两下，扭头看看旁边的几个门面，果然有半开着门的废弃店铺，他走了进去。

骆珞咬着手指头，一颗心被好奇占据了，但是心里又有些胆怯，要进去吗？裴子柚进去干什么呢？

远天猛地响起了一声惊雷。骆珞看看腕表，一点二十五分。她咬咬牙，跟了进去。

入口的地方有商城的布局图，斑布的位置很醒目，在一楼电梯的左侧。裴子柚扫了一眼布局图，迅速地做出了判断。他的方向感一向不错。只是，越往里走，光线越暗，饶是这样的白天，大厅深处也宛如灰暗的夜晚。斑布的位置，恰是一楼大厅的中心。

裴子柚怕黑。小时候那一场火灾，不仅仅给姜湛留下了心理疾患，也给裴子柚留下了不为人知的秘密。他怕黑，怕封闭的空间，他会紧张得喘不上气来。

医生说，这是幽闭恐惧症。

裴子柚打开了手机的照明功能，他握着斑布的门把手，犹豫了好一会儿，然后推开了那扇门。

空气里有灰尘的味道，让人不自觉地就咳嗽了起来。手机的光线扫过室内的陈设，这里的空间并不大，除了空荡荡的操作台，只有两把高脚椅。最里面靠墙的位置似乎还有一个沙发，因为是直接嵌在墙里的，所以没被带走。

沙发上有什么东西动了一下。

裴子柚握着手机的手抖了一下，光线在沙发上也随之跳跃了一下。是橙色的沙发，裴子柚判断着。被雪亮的光照过，一小抹幽暗的橙色在他眼前晃了一下，像小小的火光。

裴子柚顿时觉得手心沁满了汗。他很久不曾有过这样的幻觉了。沙发上的不明物体似乎又动了一下，伴随着一个声音："是谁？"

听起来像没睡醒一样，又似乎有几分熟悉。

在摇晃的光亮里，裴子柚仿佛看见了姜湛的脸，模模糊糊的，像十六岁的姜湛，又像是七八岁的姜湛。他觉得自己有些喘不过气来，周围像是有噼里啪啦的声响，像木头和茅草在燃烧，他不能判断这是幻觉还是现实。

裴子柚下意识地想离开这里。他强撑着回头去推那扇门，竟然怎样都推不动。

“裴子柚？”有个黑色的影子移动到他面前。

“阿……”裴子柚想喊阿湛的名字，喉咙却像是被人扼住了一样，他大口喘着气，发不出声音。是姜湛的脸，在十六岁和七八岁的面孔间变换着。

那封信，是姜湛写的吗？裴子柚努力地睁着眼，尽量看清走到面前的人，心里忽然有些荒凉，这一切是姜湛的报复吗？

姜湛握住他的手腕，从身后抱住他：“裴子柚！裴子柚！小柚！”

姜湛有些着急，不知不觉就喊出了裴子柚的乳名。那声呼唤落在裴子柚的耳朵里，遥远又缥缈，像已逝的奶奶在轻轻唤他。

门外响起急促的脚步声，仔细听，似乎还有女孩子的呼喊。

姜湛一手抱着裴子柚，另一只手去推门，门被人从外面锁住了。

7

骆珞有些慌，甚至觉得腿软脚软。整个空间漆黑又静寂，太恐怖了。

裴子柚在钻进商业城的那一刻就消失在她的视线里，她跟着感觉走到了斑布的位置，却见一个人影鬼鬼祟祟地出现在门前。

骆珞吓得摔了一跤，手机被摔了出去。

那人也吓了一跳，回过头来，还不等骆珞看清他的模样，他忽然拔腿就跑。

骆珞捡起手机，屏幕碎掉了，在模糊的光里，她依稀看见了那人的背影。

“陈柘？”骆珞也不知道哪里来的勇气，“陈柘——”

她大喝一声。陈柘这小子搞什么鬼？不及细想，骆珞勇敢地追了过去。她只是觉得一个人留在这里太可怕了，她只是想要有个小伙伴。可是，她越是呼喊，陈柘越是跑得飞快。

“陈柘，我跑不动了。”骆珞气喘吁吁地说，声音里带着几分娇气。她心里想着，要是追上陈柘，一定要狠狠地暴打他一顿。

有脚步声，杂乱而沉重地在空间里响起。骆珞放慢了速度，向四周张望，什么也看不见。

漆黑的空间深处似乎又传来几声惊恐的叫声，带着颤抖的尾音，仿佛在求饶。

骆珞的心颤抖了一下。不远处陈柘也停住了脚。他一定也听见了，他甚至在慢慢地向后退。骆珞紧走几步，一拳捶在陈柘的肩膀上，道：“果然是你！你在这里……”

骆珞话音未落，陈柘突然一把抓住骆珞的胳膊，一脸惊慌。

“不对劲，别出声，我们赶快走。”他低低地说着，眼里有些惶恐。

因为跑得太急，他不由得按住胸腔，那里隐隐有些疼痛。

“你别吓人，装神弄鬼的。”骆珞也低声说。但是，一切声响又突然消失了，四周一片静寂。

是幻听吧？

“快说，你在这里干什么？”骆珞的注意力又放在了陈柘身上。

陈柘侧耳倾听了一会儿，也放松下来，但是神色很不自然，眼神闪躲着，只挠挠头，说道：“我来……来……来避雨啊！”

“我信你才怪，你来这里肯定有什么猫腻。”骆珞打量着他，又随口问道，“你有没有看见裴子柚？我看见他也进来了。”

“没有啊？”陈柘立刻答道。说着，他慌张地扯着骆珞往出口走，“我们快回去吧，考试时间要到了。”

骆珞看看腕表，惊叫一声，两点三十分考试，两点就该进考场了。可是，她又有点儿迟疑，也不知道裴子柚离开没有。而这栋楼到底有什么秘密，他们一个两个都往这里跑？

“再不走真迟到了。”陈柘说了一声。

骆珞回头望望，那片黑暗的空间里像有只怪兽的眼睛一样，骆珞打了个冷战，赶快抬脚跟上了陈柘。

她方向感一直不太好，只是觉得陈柘带他绕来绕去的，像迷路了一样。

“陈柘，你到底知不知道路？”她鄙夷地问。

陈柘越急越慌，窘迫地看看她：“肯定能出去，我来过好几次呢。”

“你到这里来干什么？”

“没什么。”

“你是不是找不到出口了？”

“怎么可能？这有个安全门，应该能出去。”

陈柘推开了安全门，“咯吱”一声，里面是楼梯间，却并没有通向外面的出口。

“我还是用手机导航一下吧。”骆珞嘲笑他。

她打开手机，小小的屏幕光亮在黑暗中格外醒目，照着骆珞有些婴儿肥的笑脸。突然，一股力量不知从哪里过来，骆珞只觉得手腕猛地疼了一下，手机被人掀翻在地，随后，一个粗壮的胳膊扼住了她的脖子，伴随着一股浓重的汗味和沉重的呼吸声。她还来不及呼喊，身边的陈柘也已经被人束起手脚。

骆珞的大脑清醒了瞬间，那人的手上似乎还有淡淡的血腥味。然后，她就觉得身体绵软得失去了支撑的力量，巨大的恐惧从心底突然生出来，像庞大的怪兽，完全吞噬了她。

突然，身后不远的地方又有声响传过来，像是有人在砸东西。对面捆绑陈柘的男人狠狠地啐了一口，不耐烦地说道：“今天麻烦可真多。”他带着一点儿外地口音。

骆珞忽然就想到了裴子柚，声响传来的方向一定是裴子柚的位置。像溺水的人抓到稻草，她趁身后男人换手的瞬间，大喊了一声。

“裴子柚快来救我呀！”颤抖的呼喊声，像落在湖面的雨滴，荡起层层涟漪。整个空间都回荡着最后那三个字。

救我呀……

8

姜湛把裴子柚在地上放好。四周太黑了，他看不清裴子柚的脸色。但裴子柚的状态应该不会太好，他的呼吸越来越急促，像是要喘不上气来一样。

姜湛摸到裴子柚的手机，匆匆地打了急救电话。然后借着微弱的光亮抄起地上的一把高脚椅，猛地砸向斑布的玻璃门。钢化玻璃带着强劲的阻力，姜湛又砸了好几下，声音在封闭的空间里久久回荡。

门终于被砸开了，两扇门的把手之间不知被谁放了一根棒球棍。姜湛愣了愣，眼里寒光四起。有人故意把他们关在这里，是针对自己，还是针对裴子柚？他也来不及细想，一把将棍子抽出来。他回身将裴子柚背在身上，推开门向外走。

裴子柚的名字忽然在耳侧响起。这声音像是骆珞，那个略略有些胖又有些娇滴滴的小姑娘。

声音是从和出口相反的方向传来的，姜湛没时间去理会，他只想着快点儿把裴子柚送出去，再晚一步，他怕这家伙就挺不住了。

脑海里忽然有个细细的声音也响起来，柔软尖细又带着恐惧的声音，是姜沁啊！在小小的燃着火的仓房里，姜沁被吓得哭起来，伸着手寻找哥哥的怀抱。

姜湛心里多了几分焦急。

“阿湛……”裴子柚断断续续地喊出他的名字，“阿湛……姜沁啊……”

他应该也听到了骆珞的叫声，他也回到了旧时的回忆里吗？

“不是姜沁，那不是姜沁。”姜湛冷静地说，“我们得赶快出去，你坚持住。”

依稀能听得见外面救护车的鸣叫声了，姜湛向着那声音加快了脚步。突然，有人影挡在他身前。

大家都听见了外面的警笛声。慌乱之中，那一伙人根本没有仔细去分辨，那是救护车还是警车的鸣叫声。

既然被发现了，那就谁也不能放过了。

9

午后两点钟，教学楼里响起了第一遍铃声，是进考场的预备铃。程意萝有些诧异，骆珞竟然还没来。然后，她很快发现，教室里一共缺席了四个人，姜湛、裴子柚、陈柘和骆珞。理论上来说，他们四个人不会有什么交集，所以同时缺席应该是巧合而已。姜湛和陈柘迟到还容易被接受，但是裴子柚和骆珞，这两位是轻易不会迟到的人。

程意萝又等了两分钟，眼见着取卷子的监考老师就要回来了，缺席的这四位还是没有人出现。程意萝硬着头皮向老师借了手机，骆珞和姜湛的手机都是关机状态，裴子柚的电话号码她根本不知道，陈柘她还算了解，知道他这个“乖孩子”在考试这天是绝对不会带手机的。不是巧合。学霸的大脑里闪过这四个字。

程意萝向老师汇报了一下情况，监考老师是知道裴子柚的大名的，年级组第一名容易引起重视。当下，有人去查了裴子柚的联系方式，结果裴子柚的家长表示他早早地就离开家去学校了。按规定，考试开始后十五分钟才不允许进考场，所以老师也没太着急，大家都觉得姜湛那种学生可能会故意缺考，但是裴子柚是无论如何不会缺考的。

程意萝坐在自己的位置上，有些不安，她看看姜湛的座位，又看看裴子柚的座位。

“意萝2号”在她心里走来走去，有些暴躁，粗鲁地咆哮着：你管他们干什么？和你又没有关系，要专心考试。

隔了几秒钟，“意萝2号”又有些傲娇地自我斗争：可是没有对手的战争，胜了也没意思。

程意萝内心矛盾极了，她猛地拍了一下桌子，监考老师吓了一跳。

“程意萝，你有什么问题吗？”老师看向她。

程意萝捂着肚子说：“老师，我肚子疼，我想去洗手间。”

监考老师看看墙上的时钟，犹豫了一下，摆摆手：“快去快回，别耽误考试。”

程意萝捂着肚子弯着腰，经过洗手间，一溜烟似的向着外面跑了出去。她径直从教学楼的旁门出去，遇到老师拦阻，只说要去门口找家长拿笔袋。有老师认得她，何况还没到正式的考试时间，因此她一路被放行，竟溜出了学校大门。

程意萝打算到校门外找到骆珞的妈妈，问一问情况，她有把握能在考试之前回到考场。因为下雨，大门外有些冷清，平日里的小摊贩都没出现，马路上的车倒是堵成了一条长河。便利店的老板得了闲，懒洋洋地在店门口抽着烟，有一嘴没一嘴地和人聊着天。

“后街好像出了事儿，救护车响了好一会儿了。”

“听说商业城那边有人跳楼了。”

“那座废弃的商业城啊？哟，吓死个人。”

大雨哗啦啦地没有一点点要停的意思。

“开救护车的人说，打电话的是个男孩子，学生。”

“男学生跳楼了？”

“哎呀，不是，谁也不知道是怎么回事，警察还没来呢。”

程意萝也不知道为什么，那一刻，她眼前浮现出来的是姜湛的脸，清瘦、淡漠，又带着淡淡的忧郁。那一天，当她紧张自己日记本的时候，姜湛带着一抹痞气十足的笑容，从她眼前跳下去的场景仍旧历历在目。

程意萝握紧手里的伞，拔腿向着商业城跑去。地上的积水“吧嗒吧嗒”地甩在她白色的裙摆上，落下一块块深灰色的水印。

“意萝2号”在这一刻和程意萝终于重叠成了一个人。她忘了考试，忘了实验班，忘了胜负，她心里想的，只是一个名字。

Di-jiu Zhang

第九章

在初夏的路口，掉转青春的方向

人生，真是处处都有意外，谁也不知道命运会在哪里拐弯。

其实它一直有迹可循，每一个看似普通的选择都可能是在掉转命运的方向。

所以，即使青春的十字路口，也请你不要慌张。如果，实在找不到答案，就停下来，有风且听风吟，有雨且闻雨声，然后，内心的答案也许就清晰在望。

1

“我弟弟病了，你们放他出去，救护车就在外面，我留在这里。”姜湛很冷静地看着对面的人。

对面有两个人，他其实根本看不清他们的面孔。

这是靠近北出口的一间屋子，姜湛能判断出来。这个商业城，他一点儿都不陌生。那些逃课的时光，他偶尔会到这里来，斑布是唯一有沙发的一间，他有时候会在那里打个盹。今天也不例外，上午放学之后，因为雨太大，他没回家，在附近吃了一碗热干面，然后溜进斑布，打算睡一觉。

他不知道裴子柚为什么会来。

“萝卜哥，要……要不……然，让他们走……走？”其中有个胖子，讲话有些结巴，看裴子柚喘得厉害，有些担心，“别……别……再死一个。”

“说什么呢？”被唤作萝卜哥的高个子敲了一下胖子的头。

姜湛觉得后背的汗毛立时竖了起来，这是一伙亡命之徒啊！他暗暗捏了捏裴子柚的手，声音平缓地安抚他：“放松一些，身体放松。”

“哮喘吧……真……真会死的。”胖子补充了一句。

姜湛握紧裴子柚的手，心里也是怕的。

他们正说着话，又有人过来，是个大块头，身前推搡着两个人。

“萝卜，外面有警察了。”大块头嗓门很大，“怕是刘老板被人发现了，那老家伙是不是摔死了？”

“我们撤吧。”胖子一着急说话都通顺了，“他真是自己掉……掉下去的，和我们没关系啊。”

“这群小鬼真是耽误事。”萝卜哥向黑暗里踹了一脚。

陈柘被大块头掐着脖子，冷不丁又被萝卜哥踹了一脚，不禁嗷嗷叫了起来。

姜湛这才发现这间屋子里还有人，他循声望去，认出了陈柘和骆珞。他心里震动了一下，仔细看了看，好在，没看见程意萝。

陈柘和骆珞显然也看见了他们，一直吓得不敢吭声的骆珞怯怯地挣扎了一下，带着哭音说道："裴子柚，你怎么了？"

"哟，认识啊！"

大块头松开手，骆珞的手和脚被绑着，她像兔子一样跳到裴子柚身边，哭哭哭啼啼地喊："裴子柚。"

"别吵。"萝卜哥喊了一声。

"撤吧，警察进来就全完蛋了。"大块头说。

"怎么撤？"萝卜哥深思熟虑，"干脆，把他们四个也扔下去。"

陈柘捂着嘴巴哭了起来，被大块头踹了一脚，又可怜兮兮地忍住哭声。

三个脑筋不太灵光的亡命之徒凑到一边去研究逃跑策略。四个弱小无助的未成年人缩在一起等待命运的裁判。

手机都被收走了，屋子里太黑了，连对方的眼神都看不清。

裴子柚平躺在地上，姜湛一下又一下地轻柔地拍着他的肩膀。骆珞小声啜泣着，陈柘干脆就不敢讲话。

姜湛心里最大的担忧是裴子柚，怕他坚持不住。他从来没听说过裴子柚有哮喘之类的毛病。

"小柚，要放松，别紧张，自己把呼吸调整过来。来，跟着我，一、二、三，呼气、吸气。"

姜湛的声音那样轻柔，像行经黑夜的风，带着闪烁的星辉。

陈柘忍不住跟着调整起呼吸。

“阿湛……”裴子柚的眼角挂着泪，没有人能看见。

“阿湛，对不起。”他很努力地说出这句话，他怕自己死掉就再也没有机会说了。

姜湛愣了愣，明白他在说什么。他抬起左手，摘掉手套，生涩地握住裴子柚的手。

“你看，我的左手早就好了。”

裴子柚突然哭出了声。骆珞和陈柘有点儿蒙，但是他们意识到，裴子柚的呼吸似乎慢慢正常了。

2

隔着马路，程意萝一眼看见了对街停着的警车和救护车，觉得脚有点儿软。靠近商业城的警戒线，远远地可以看见几个警察的身影。

“跳楼的是个包工头，五十多岁，当场就死了。”

“怎么这么想不开啊？”

看热闹的人们你一言我一语地聊着，程意萝听到这一句，一颗心忽地落地了。她看看腕表，现在跑回学校刚刚好。她心里不禁又开始懊恼，自己刚刚简直是鬼迷心窍，怎么会一听见有人跳楼就想起姜湛那家伙？要是耽误了考试就惨了。她猜测迟到的那四位同学应该已经进考场了，自己莫名其妙地搞了这个乌龙，要是因此影响了考试损失就大了。

她急忙转身往回走。

经过救护车，程意萝看见穿急救服的人靠在门边上打电话，大致是说没有找到叫救护车的人，对方的电话打不通。

“姜湛……应该是叫这个名字。”对方看着手里的电话记录单。

程意萝茫然地看看他，是重名吧，怎么可能是姜湛呢？“意萝2号”催促着她，快回去考试，快回去考试！可是又一个念头闪过，万一，真的是她认识的姜湛呢？

斑布……

斑布这个名字忽然从她心里跳出来。程意萝拍了一下自己的额头，有个线索在脑海里闪烁了一下。

她咬咬牙，又掉头往商业城的方向走去。几个警察在维持秩序，还有几个警察站在商业城的大门前，物管人员被匆匆调来，正在开门。程意萝趁着人不注意，一下子钻进警戒带。她看见有一间商铺的门半开着，她走过去向里面张望着。

“嗨，这位同学，这里不能靠近。”有警察过来。

程意萝乖巧地应了一声，脚步向后退。然后，她迟疑着停住，弯腰从地上捡起一条极细的金色小链子，链子中间有一个红色的皇冠形的装饰。这是骆珞的！她几乎立刻就可以肯定，这是骆珞的，是骆珞爸爸从法国带给她的礼物。

“叔叔，这是我同学的，我同学在里面。”程意萝斩钉截铁地向警察喊道。

警察犹疑地看她一眼。

“有可能……”程意萝慎重地判断着，“有可能是三个人，两个男生和一个女生。”

她直觉骆珞、裴子柚和姜湛有可能去了斑布。

“各方注意，楼内可能有学生，不排除被挟持。”警察拿起对讲机，“四分队进场，确定具体情况。”

怎么就被挟持了？怎么就变成人质了？

程意萝再次茫然起来，怎么好端端的一场期末考试就变成了警匪片？

她被带到负责人面前，她尽可能口齿清晰地把自己的思路铺陈出来，她也只是假设，不能确定自己的同学是否在里面。然后，她大致了解了警方正在处理的这个案件。遇害人的确是个包工头，是今天早上就被犯罪嫌疑人劫持的，犯罪嫌疑人目前确定为三名，是包工头手下的工人，因为讨薪问题劫持了老板。现在不排除三名犯罪嫌疑人就在商业城的楼内。

信息科的监控调查很快也有了结果，视频显示，程意萝的四名同学分别在不同的时间进入了大楼，均没有走出来的记录，与犯罪嫌疑人在楼内时间一致。

程意萝木讷地听着，这一切来得太突然了。

3

程意萝配合着警察的调查，及时地提供了他们的身份信息，包括学校的联络方式。连警察都忍不住夸赞她沉稳勇敢。程意萝却一下子扁扁嘴，眼泪无声地流出来。她哪里是真的沉稳？那不过是她的一个外壳，她现在的内心真的充满恐惧。

程意萝抹抹眼泪："警察叔叔，他们都是我的好朋友，你们一定要把他们救出来。"

是的，骆珞是她最好的朋友，她们认识那么多年，她曾把真心当假意。可是在这一刻，当她觉得自己有可能会失去骆珞的时候，她意识到她们之间的一切都是那么真实。她对骆珞的嫌弃是真的，她对骆珞的关心也是真的。友情不就是这个样子吗？不只有顺从与一致，也会有矫情，有小小的任性与抱怨。时间是最合格的评判者，它早就把她们的友情酿成了醇厚的酒。这世上再没有哪个女孩子会像骆珞那样与自己相伴这样久。

姜湛虽然整天摆出一张冰山脸，她却见过他最温柔的内心。

他们两个的小星球曾悄悄地靠近，然后他又莫名地开始疏远。纵然如此，在她心里，姜湛仍是一个神奇的存在。像一枚野外吹来的种子，他落在她心里，在她无意识的时候，那种子就已经长成了一株植物。她隐约能透过他看见自己内心深处的“意萝2号”，她想要和“意萝2号”重合，她想要摘掉外壳，做一个自由的人。

还有裴子柚，裴子柚可是她绝对不能缺少的对手，没有对手的人生是寂寞的。她不能让裴子柚有危险，她必须要拯救自己的对手。

陈柘很啰唆，可是他啰唆的时候就好像把自己当成了程意萝的老母亲一样，他们同桌时间不长，交集也不多，但这个男生传达给自己的却都是善意。

程意萝在一瞬间把这几个人在心里念了一遍。她在这一刻觉得自己亏欠了他们太多的好意，她怕没有机会还回去。

程意萝突然挺身而出，对着领队的警察说道：“叔叔，我想和你们一起进去，也许我能帮到什么忙。”

“意萝2号”有瞬间的惊讶，真不敢相信这个勇敢的女孩子会是自己啊。

对方慎重地考虑了一下，采纳了程意萝的建议，并且特意安排了一个警察保护程意萝的安全。

程意萝和“意萝2号”紧紧团结在一起，俨然觉得自己成了电影里的超级女英雄。

朋友们，我来了！

4

三个犯罪嫌疑人依然没有研究出策略，最胆小的胖子开始哭。四个“烫手的山芋”被丢弃在角落里。裴子柚的状态好了很多，姜湛的一颗心缓缓落下来。姜湛留意着那三个人的交谈，大致判断出这三个“亡命之徒”其实是胆小鬼。他们身上有浓重的汗味，讲话是外地口音，身上有两把水果刀、一根棍子和一根绳子。他们只是为了讨要一份薪水，愚蠢又冲动地劫持了老板，结果没想到他们只是想把他带到楼顶吓唬一下，老板却失足掉了下去。

“叔叔。”姜湛喊了一声。

陈柘吓得差点儿跳起来，要不是手被绑住了，真想去堵姜湛的嘴。

“叔叔。”姜湛又喊了一声，声音不大，但是沉稳。

不远处那三个人回头看看他们。

“你们其实没对我们几个人做什么，是吧？”姜湛继续说，“现在外面发生了什么，你们也不知道，也可能和你们没有关系，对吧？”

胖子懵懂地点点头：“对啊，外面到底发生了什么？”

他是真懵懂。

萝卜哥点了一支烟，火光在黑暗里明灭。

他走过来，凑近姜湛：“小鬼，你想说什么？别耍花样。”

“我不知道你们来这里做什么，但是如果你们劫持了我们，那么意义就又不一样了，不管你们之前做了什么，你们现在都会罪加一等。”姜湛的声音很平静。

“我们是旁边这所学校的学生，我们考试快迟到了，我们一起出去吧。”姜湛说，“我们就说，我们是在这里偶然相遇的。”

那三个人明显有些迟疑。

大块头问：“你们是进来干什么的？”

姜湛想了想，裴子柚突然开口，声音有些虚弱：“我们是进来找猫的，我们看见了一只流浪猫。”

“然后，我们进来避雨，我们遇见了你们，我们帮你们一起找猫？”萝卜哥接道，虽然是质疑的语气，却仿佛先说服了自己。

陈柘不知道为什么想笑，骆珞狠狠地掐了他一把。

“好。”胖子呵呵笑了起来，“我们找猫去，找着找着就出去了。”

愚蠢的人在恐惧、紧张的情况下会急于抓住眼前的稻草。三个脑袋不太灵光的犯罪嫌疑人就这样抓住了姜湛他们递过去的稻草。一行人向着出口的方向走去，看起来倒是很和谐。

走了没多远，已经可以看见出口处微弱的光亮了，萝卜哥突然举起手示意他们停下。

“有人。”萝卜哥警觉起来。

“咪咪？”裴子柚忽然向对面喊了一声，“咪咪乖，咪咪不要乱跑，我们过来咯。”

大约这一声呼喊太耗费气力，一句话说完他就虚弱地靠在姜湛身上。姜湛嫌弃地看了他一眼，还是默默地当起了“人形拐杖”。

胖子试探着也喊了一声“咪咪”。

对面又叫了一声。

空气仿佛突然安静了，几秒钟之后，只听得对面传来奶声奶气的猫叫。

“喵……”

大家侧耳倾听。

胖子笑出声来：“真……真是猫，找……找到了。”

裴子柚听着猫叫声微微笑了一下，竟然是只好猫，真是意料之外。他看看姜湛。

“叔叔，你们也有孩子吧？”姜湛对萝卜哥说了一句，“如果你们真的做了什么，就去自首吧。为了你们的孩子，那是最好的选择。”

姜湛与裴子柚对视一眼，扯着骆珞就向前跑，裴子柚也拉着一脸茫然的陈柘跑了起来。

警察迅速配合到位，将三个犯罪嫌疑人包围。萝卜哥带着两个好兄弟乖乖地举起手。

程意萝从警察身后探出头，骆珞以为自己看错了。她再走过去一点儿，程意萝“喵”地叫了一声，她就是那只“猫”。

骆珞一把抱住程意萝，“哇”地痛哭出声，简直哭得惊天动地。

陈柘凑过去，他也好想抱着程意萝大哭一场啊！姜湛踢了他一脚。裴子柚虚弱地警告他：“你想干什么？”

陈柘不敢和裴子柚对视，委屈地耸耸肩，默默收起冲程意萝张开的手臂。

程意萝轻轻拍着骆珞的后背，自己的眼睛竟然也湿润了。她不是这一起意外事件的经历者，也不是拯救他们的英雄，她不明白自己心里这种又想哭又想笑的感觉究竟是什么。“意萝2号”的身影变得淡淡的，在这一刻，她就是她自己。为朋友担忧，为朋友开心，原来，这就是拥有朋友的感觉。

她抹了一下眼角，一抬头，看见裴子柚在对着自己笑，笑容颇让人玩味。

程意萝骄傲地瞪他一眼。

裴子柚却仍笑着对她伸出手：“谢谢你，好猫咪咪，谢谢我们作为对手培养出来的默契。”

程意萝决定无视那只手，还不等她做出回应，姜湛已经随意推开了裴子柚的手，他只淡淡地说了一句：“这一科考试，大家都是零分。”

被他这样一提醒，程意萝脸色惨白，她终于想起被自己遗忘的考试。

姜湛皱皱眉，向旁边走了两步，尽量躲开程意萝的哀号。

裴子柚轻轻笑笑，心里想，如果用一个零分可以换回久违的兄弟情，能拥有患难与共的友情，那么，我无怨无悔。

5

这一场意外，像浩瀚星河中迅速飞过的一粒浮尘，只在茶余饭后供人们热谈一阵罢了。除了当事人，谁的生活也不会因它而受到影响。

三个原本淳朴勤劳的农民工，为了讨要被包工头拖欠的薪水，冲动而愚蠢地挟持了包工头。他们爬上了废弃的商业城天台，想做的也只是吓一吓他罢了，却不料，包工头逃窜的过程中失脚跌落下去。弱者一旦选择了“恶”的方式，也便无法被同情与原谅。

三个原本该在考场的高中生，误打误撞地成了犯罪嫌疑人眼中的“威胁”，从而陷入了危险。没人想要了解他们为什么会出现在废弃的大楼里，在传闻中那就是三个逃避考试不爱学习的“熊孩子”。

还有一个乖巧懂事的学霸，出于对同学的关心而参与到事件当中，从而及时地发现线索，协助了警方。虽然她耽误了考试令人痛惜，但是由于她的侠义之心，她的四个同学得以在第一时间被解救。

舆论的传播，有时候是凌驾于真相之上的。

总之，在这一年初夏，因为一场意外的事故，高一年级组有四名同学的成绩受到了严重的影响。尤其是作为年级组前两名的裴子柚和程意萝，由于缺考了一科，排名直线下降，跌至年级组百名之后。也有老师提议给他们一次重考的机会，毕竟如果裴子柚和程意萝这样的学生都进不去实验班，对学校来说也是损失。但是，每个人都要对自己的行为负责，校方经过慎重考虑，决定按照公平公正的原则，以成绩为标准。所以，裴子柚和程意萝出人意料地被实验班拒之门外。

人生，真是处处都有意外，谁也不知道命运会在哪里拐弯。其实它一直有迹可循，每一个看似普通的选择都可能是在掉转命运的方向。

Di-shi Zhang

第十章

乌云散了，月霁风清

在与青春说再见的时候，请不要畏惧，因为在收获之前，我们总要先接受花季雨季的润泽与洗礼。

记得绿罗裙

1

姜　沁：

有很长一段时间，我失去了你的消息。我一直为此觉得遗憾，在你离开之前，我未曾了解过你的经历与情绪。

而经年之后，妈妈突然把你的信还给了我。我一字一字地看完，仿佛看见一段凝固的时光。虽然世间已寻不见你，这段旧时光却如此珍贵。原来，在你最后的时光里，你过得那样开怀。我终于可以慢慢解开心里的郁结。

我也不会因此埋怨妈妈，每个人心里都有自己的万丈沟壑，只愿她能早日平复。

我想，你若看见今日的我，必定会更开心。曾经有乌云蔽日，但乌云散尽，我看见自己仍是曾为你闪亮过的小太阳。

——来自“姜湛日记”

蝉声聒噪，树影悠长，暑假就这样开始了，一点儿都不美丽。

程意萝在家里的日子可想而知，因为期末考试的那场事故，程妈妈的怒火几乎都要把房顶掀翻了。

裴子柚也好不到哪里去，一向态度宽厚的父母，怎么都想不通自己的孩子为什么在考试的时候会去那座废弃的大楼。裴子柚嘻嘻哈哈地搪塞着，无论如何都不说实话。

骆珞倒是很纳闷，为什么爸爸妈妈没来责备她？他们神色匆匆，每天早出晚归，倒是让她觉得自己这个“落难公主”被冷落了。

陈柘忐忑地过了好几天，却没有任何人来询问他为什么会出现在那座大楼里。

姜湛仍旧会在每天傍晚去江边看落日，唯一不同的是，他摘掉了手套。手背的浅色疤痕在日光的照耀下，渐渐加深了颜色。妈妈却很久都没有注意到他的那只手。

程意萝的日程被排得满满的，程妈妈担心她没进实验班成绩会大幅度下降，因此狠狠心，报了各种线上线下的辅导班，程意萝忙得像个陀螺。

可是生日还是来了。

2

骆珞躺在床上刷微博，看到一条关于狮子座流星雨的预报，立刻惊讶地跳起来，流星雨竟然在她的生日那天来临，这是多么浪漫美好的礼物啊！妈妈订的派对场地刚好有天台，实在太适合看流星雨了。

要是……裴子柚能来就好了……

骆珞内心斗争了好久，终于在午后鼓起勇气给裴子柚打了个电话。经过那次事件，她自觉和裴子柚的交情深了几分。好歹他们也算患难与共过，找个这样的理由邀请裴子柚参加自己的生日，他应该不会拒绝吧？骆珞美滋滋地想着，她倒是感谢这场事故，让她多了和裴子柚相处的机会。

电话接通，骆珞温柔乖巧地试探着：“裴子柚，你周六晚上有时间吗？哦……也没什么事，就是那天是我的生日会，我想邀请你……”骆珞迟疑了一下，补充道，“我想邀请你、姜湛和陈柘来参加我的生日会，毕竟大家一起经历了那样一件事，我们应该庆祝一下劫后余生吧？”

电话那头传来裴子柚清朗的笑声，他大概是被她这一句“劫后余生”逗笑的。

骆珞刻意没有提起程意萝的名字，裴子柚竟也痛快地答应下来。这让骆珞更是高兴了几分。你看，大神来参加我的生日会，只因为这一天是我的生日，而不是因为这一天是程意萝的生日呢。

在挂电话之前，骆珞心情愉悦地、极其大方地补充了一句：“哦，对了，裴子柚，意萝的生日和我是同一天哦，这是我们俩共同的生日会。”

电话那边似乎对这句话没什么反应，裴子柚语调正常地结束了通话。

趁心情好，骆珞给姜湛和陈柘也打了电话。陈柘自不必说，受宠若惊地接受了邀请。令骆珞意外的是，姜湛竟也言简意赅地回了她一个“好”字。

姜湛那个家伙，虽然她以前一点儿都不喜欢他，甚至非常看不惯他，但是，经历了那次事件之后，她觉得他还算不错，勇敢、沉着，最主要的是在危险面前，他那么有担当地把他们挡在身后。

骆珞最后才给程意萝打电话。为了方便在去各个辅导班的路上和程女士联络，程意萝在这个假期终于拥有了一部手机，不过是被她奶奶淘汰的老年机，线条呆板的黑色机身上有硕大的金色按键，来电铃声是著名的广场舞背景歌曲，响起来震耳欲聋。

“意萝啊，生日会的邀请我全部通知了，你记得要早点儿来哦。”骆珞的声音懒洋洋的，刻意压制着心里的兴奋，“我请了裴子柚、陈柘，还有姜湛。”

电话那头传来热闹又单调的蝉声，还有程意萝有气无力的回应：“我知道了。”

江城的大太阳，简直能让人熔化。

头顶的梧桐树浓荫如盖，阳光在叶片的空隙间闪烁，像一片闪烁着星光的绿色的海。程意萝半仰着头，眯着眼盯着星光和海，大口地喝光了瓶子里的水。姜湛竟然也会接受这种邀请吗？她抹抹唇边的水滴，嘴角翘起来。

3

“骆珞居然邀请了你？那可真是太阳从西边出来了。但是，送什么礼物好呢？没想到骆珞和程意萝的生日居然是同一天。”裴子柚一边嘀嘀咕咕，一边啃光了两块西瓜，然后看看墙上的时钟，有点儿委屈地看着姜湛：“阿湛，你不做饭吗？晚上吃什么？冰箱里还有菜吗？”

姜湛只出神地看着手机上的日历，周六，那天刚好是外婆的忌日。恐怕，不能去参加她们的生日会了。

“阿湛，我饿了。”裴子柚声音大了两分。

自从他们的关系缓和之后，裴子柚的脸皮又厚了几分，整日都待在姜湛家混吃混喝。

姜湛忍无可忍地瞪了裴子柚一眼，他有些想不通，为什么众人眼里清高骄傲的学霸裴子柚，突然就变成了磨人的幼稚鬼。

“你不回家吗？”姜湛说了一句，又补充道，“我家没菜了。”

“那我们吃泡面吧？我看厨房里刚好有两袋泡面，加个鸡蛋，加根香肠，再放一点儿老干妈，我喜欢这么吃。”裴子柚认真地回应他。

姜湛默默转过头。

裴子柚自动忽略姜湛的态度，继续琢磨着女孩子们的生日会：“程意萝嘛，就送她一套试卷好了，挑最难的送。”

他想起之前自己故意用来蛊惑程意萝的那几套试卷，不由得笑起来，干脆就买那套题好了，他实在喜欢看程意萝生气的样子。

“骆珞呢，送个小饰品应该可行。”裴子柚仿佛解决了一个大问题。

姜湛沉默了一会儿，还是开口说道："那一天是外婆的忌日。"

裴子柚愣了愣，从沙发上站起身，倚着阁楼的窗，远远望着黄鹤楼的方向。

"原来，这么快又是一年了啊！"裴子柚喃喃道。

时间过得真快呢！奶奶去世的那一天，是他一生中最痛苦的一天。那一天，他心里长出一根拔不掉的刺。

"那个女生会失望吧？"裴子柚突然又转头看看姜湛。

姜湛的表情有些茫然，裴子柚口中的女生是指……意萝啊！

"毕竟，你是她那么在意的朋友。"裴子柚笑起来，笑得有些小气。

姜湛没回应他。

裴子柚重重地叹口气，突然又像释然了一样，重重地拍了姜湛一下："算了，奶奶是不会在意我们怎样怀念她的。怀念是在心里的，是每时每刻的，何必拘泥于一个日子？但是，少女们却特别在意生日之类的仪式感。毕竟，她也算我们的救命恩人，对吧？还是去参加吧，捧个场？"

姜湛还是没说话，转身向楼下走。

"喂，你这人，你干吗去啊？"裴子柚真是受不了姜湛这个闷葫芦。

只听得楼梯处传来淡淡的一声："我去煮面。"

"别忘了放老干妈。"裴子柚笑起来，笑得像只贪食的猫，美滋滋地跟了过去。

4

周五晚上，程妈妈在公司加班回来得很晚。也是运气足够好，她手里的一摊难事堪堪解决了，裁员的风险可以避过去。

因为期末考的事故，程妈妈每天都是一副冰山脸，但是这夜的心情似乎好了几分。一进门，她就先检查了程意萝一天的功课，然后拍拍程意萝的肩，说了一声：“辛苦了，继续加油。”

程意萝哆嗦了一下，她妈竟然会这么温柔地跟她说话。

程妈妈转身给爸爸下命令：“老程，你明天上班路上订一个蛋糕，不用太大，八寸就行了。”

“八寸？那么多人怎么够吃？”老程怀疑自己听错了。

每年生日会的蛋糕都是骆珞妈妈来张罗，最少也要订三层的。

程女士欲言又止，脸上闪过几分痛惜，只说：“我们三个人吃，足够了，明天的生日，我们自己在家过。”

说着，她脸上浮起淡淡的笑意，似是在感慨：“这么多年了，我们从来没单独给意萝过过生日，其实我挺喜欢这样的，简简单单，一家人在一起，更有意义。”

老程一愣：“骆家有事？”

骆珞家公司的事他一直都放在心上。

程意萝竖起耳朵。

“嗯，还是没撑过去，骆珞爸爸今天被警方带走了，公司也被查封了。”程妈妈有些惆怅。

“这可怎么得了？我们能帮上什么忙吗？这……这也不能袖手旁观啊！”老程急了。

“怎么帮？你能帮他把银行的窟窿堵上？把我们家卖了也不够塞个牙缝的。”程妈妈白了他一眼，“我也不是铁石心肠，但是这事儿我们哪有能力帮？老骆也是，生意越红火，胆子就越大，对风险的判断就越有偏差。出了事儿，谁也没办法，只能老婆孩子跟着一起扛。”

夫妻俩的声音越来越小，程爸爸唉声叹气，最后躲到阳台抽了一支闷烟。

程意萝握着自己的老年机，悄悄拨通了骆珞的电话，听着电话那头骆珞轻快的声音，她又一时语塞。

“意萝，你找我什么事？我在看综艺呢，我和你说啊，这一期有我偶像，我偶像排了一支新舞，超好看的。”

骆珞语气无恙。

“哦……我就是问你明天怎么安排的。”程意萝打断她，含糊地问道。

“明天？明天我妈会去接你们，你早点儿准备哦。我跟你说，我妈今年的礼物是……哎呀，我还是先不透露了。”骆珞叽叽喳喳地说着。

她依然是那个天真烂漫的公主，她的金色城堡似乎一点儿动荡都没有。

程意萝简单地应了一声，挂了电话。

也许，骆珞仍然被蒙在鼓里吧？但愿，她的城堡永远都安然无恙。

5

伪装的美好犹如彩虹，总是会散的。不同的是，彩虹消散的尽头，会有万里晴空；但是，美好消散的尽头，只能阴云密布。

骆珞是在下午来到程家的。她穿着一条宽松朴素的长T恤，头发潦草地绾在头顶，身后背着一个双肩包。骆珞站在门口，面上神色如常，只是眼圈红肿，少了几分鲜活。

程妈妈系着围裙，正在厨房里炸藕饼，见骆珞进门，立时迎过来。

乌云散了，月霁风清

骆珞有些拘谨，小声说：“阿姨，我妈让我来住几天。”

“哦，你妈给我打过电话了，快进来。你妈这几天肯定忙得焦头烂额……”

程爸爸在门口咳了两声：“快搭把手。”

程爸爸拖着一个皮箱刚进门，另一只手里拎着顺路从蛋糕店取来的生日蛋糕。他对妻子使了个眼色，她的后半句话咽到了肚子里。

“骆珞啊，你先去意萝房间休息一会儿，她英语班还没下课呢，不过也快了。”程爸爸说着，把皮箱放到女儿的房间。

然后，他把妻子拉到一边，小声嘱咐道：“骆珞还不是太清楚她爸公司的情况，只知道爸妈这几天要忙一些事儿。她现在挺敏感的，刚刚在我车里悄悄哭了一会儿。我们在她面前尽量别聊这个话题。”

程妈妈嘟囔着：“她妈也是，这能瞒到什么时候？孩子也大了，也得经经风雨了。”

她看着那个八寸的生日蛋糕，心里叹口气，想要一家三口单独过一个生日的愿望又落空了。但这想法也不过是稍纵即逝，她这人，一向刀子嘴豆腐心，想想房间里的小姑娘，不知道有没有偷偷哭泣，她看看时间，忍不住给程意萝发了条短信，告诉她放学立刻回家。

然后，程妈妈悄悄打开自己的衣柜，看着衣柜深处那个带商标的袋子，心思游移不定。骆珞妈妈是晌午的时候给她打的电话，满怀歉意地表示没办法办生日派对了，本来想坚持到生日会结束再告诉骆珞，但是要处理的事实在太多了，一件催着一件，她唯一的心愿没办法再完成了。她思来想去，觉得把骆珞送到程家是最好的，有好朋友陪着，骆珞不至于太难过。

程爸爸推开卧室的门，看了一眼面色沉重的妻子。

“想什么呢？”老程瞥了一眼衣柜，猜到了妻子的那点儿心思。

程妈妈小声说：“要不然你出去一趟？步行街有个饰品店，你去买个小女孩喜欢的礼物。”

“你这人……利欲熏心。”老程愤愤说道。

“这不是生日会取消了嘛，我们就没必要讲排场充门面了。我们家的底子你还不清楚？往年都是打肿脸充胖子，这次还不如送些实用的礼物。”

“虚荣！”程爸爸瞪了她一眼，又补充一句，“冷漠！”

一向唯妻命是从的老程突然挺起了腰杆。

程妈妈看看那个昂贵的商标，解释道：“这衣服挂到二手平台也能卖出去，还不如换了钱带她们俩出去玩两天。”

“不卖衣服也有钱去玩。”程爸爸扔下一句话，转身回了厨房。

老程觉得自己转身的背影一定帅极了，他活了四十多年，从来没这么帅过。

程妈妈讨了个没趣，只冲着他的背影嘀咕道：“你才是打肿脸充胖子，程胖子！”

厨房里的香气渐渐浓郁，夫妻俩偶尔拌一句嘴，也是压低着声音。但这模模糊糊的声响落在骆珞的耳朵里，是那么美妙。

骆珞没有哭，她坐在程意萝的书桌前一动不动，午后的日光仍旧雪亮，把世界照得明晃晃的，像个一触即碎的梦。

她知道，爸爸已经有几天没回家了，但是爸爸出差是常态。她也曾觉得妈妈最近有些憔悴，她没放在心上，如果她细心一些，可能早就能觉察到家里的变化。妈妈今天只语焉不详地提了几句爸爸公司的事，大抵是说有个难关要处理，然后反复向她道歉，关于生日会的取消。妈妈越是轻描淡写，她越是觉得这个难关可能会很难熬。但是，她什么也没问，只乖乖地收拾了行李，听凭妈妈安排。

这是十六岁的最后一天。

人们总是说十六岁的花季，十七岁的雨季，难道，天空要开始下雨了吗？

房间外面响起程意萝的声音，有气无力的。

“我回来啦！我要被晒晕了。”

然后，那声音突然提高了几分：“咦，这是骆珞的鞋子吧？骆珞来了？”

在自己的名字被提起的一瞬间，骆珞的眼圈又红了，她打开门，看着还站在玄关处的程意萝，一下子扑过去，抱着她，大声哭起来。

老程和妻子对望了一眼，不知该说什么。程意萝立时明白了，公主的城堡坍塌了。

她鼻子忽然酸了起来，温柔而又小心翼翼地拍着骆珞的后背，一下又一下，轻轻地，像姐姐一样。

在这一刻，她再次明明白白地感受到自己的心意，有无尽的疼惜与爱护，因为，她们是最好的朋友。

6

逛街这种事真的很无聊，姜湛苦着脸随着裴子柚在步行街逛了一下午，何况，他们出入的都是女生爱逛的店，实在让人觉得尴尬。

裴子柚在考试卷和钢笔之间徘徊不定，最后还是选择了钢笔。他犹疑不定的时候，姜湛已经去收银台付了款。

“你买的什么？”裴子柚好奇。

“随便买的。”姜湛漫不经心地接过店员递过来的袋子。

“让我看看。”

“有什么好看的？”

姜湛把袋子捏得紧紧的，转身就向外走。

裴子柚轻笑了一声，阿湛真是别扭，明明是想认真地送一份礼物，却偏偏装作漫不经心。他刚要取笑他，手机在背包里振动起来。

“大约是在催我们吧。”裴子柚看着屏幕上骆珞的名字，“喂，骆珞，啊……是程小萝同学啊！”

姜湛的脚步停顿了一下。

“嗯，好，没问题。”裴子柚挂了电话。

姜湛看看裴子柚，裴子柚装作没看见姜湛的眼神，只笑眯眯地和收银小姐姐聊着天。

“小姐姐，帮我把礼物包得漂亮一点，是送女生的哦！那个布偶要粉色的包装纸，那支钢笔要……要棕色好了。”

裴子柚几乎可以想象得出，当程意萝看见棕色包装纸里面黑色的钢笔，脸色一定会差极了。可是，他太喜欢看她生气的样子了，嘟起嘴，脸颊鼓鼓的，让人忍不住想要伸手去戳一戳。

选好了礼物，两个人向着地铁站走。姜湛看了裴子柚几次，裴子柚装作没看懂姜湛的眼神，最后到底忍耐不住，笑着说：“你这个人可真是，心里想什么直接问出来不就好了？”

姜湛面无表情。

“阿湛，知道你为什么这么孤独吗？因为你缺少主动性。别人不靠近你，那你就去主动靠近别人啊！春天不来，那你就主动去找春天。生活没有光亮，那你就主动去找光亮。虽然可能会碰壁，但是只要你主动起来，你就一定能找到些什么。”裴子柚一本正经地侃侃而谈。

“程意萝打电话说什么？”姜湛终于打断了他。

裴子柚美滋滋地笑起来：“孺子可教。”

他却仍是不说，像是故意要吊姜湛的胃口一样。这家伙，小的时候明明人人都说他是乖孩子，却没想到其实是个小滑头。姜湛无奈地叹口气，伸出手臂揽住裴子柚的脖子，故意使了几分力，然后另一只手拨乱裴子柚的头发，就像他们小时候惯常的玩闹一样。

裴子柚果然大叫起来。

姜湛松开手。裴子柚瞥见他手背上的疤痕，他没说什么，只吸吸鼻子。走了几步，忽然仰起头，他怕眼泪掉下来。

姜湛瞪着他。

裴子柚抹抹眼角，定定地看着姜湛，很认真地说：“阿湛，对不起。那一次，是我撒了谎，因为我很害怕，怕大人们知道真相会责备我。”

这是他第二次对姜湛道歉，第一次是在废弃的大楼里，他们彼此看不见对方的面孔。而这一次，他目光灼灼地看着姜湛，把自己的羞愧和歉意赤裸裸地捧到姜湛面前。

姜湛眼神闪躲了一下，有些不自在，最后抬腿向前走，故意撞了他一下，嘴里轻哼了一声：“哭哭啼啼的，像个女孩子。”

哭哭啼啼的裴子柚揉揉被撞疼的肩膀，追上去，献起了殷勤：“程小萝说，她们的生日会有点儿变动，让我们去江滩找她们。”

“女孩子过生日真麻烦。”姜湛嘟囔了一句。

“就是就是。”裴子柚应和着，“没想到程小萝也这么庸俗。”

想起那个女孩，他又笑起来。

“我有时候觉得程小萝和你挺像的，你们都对人充满戒备。只不过，她会给自己准备一张面具，而你呢，你就是个缩成一团的刺猬，让人直接就不敢靠近。”

“自以为是。”姜湛轻哼。

“可是啊……”裴子柚伸了个懒腰，看着天边的一抹流云，“我觉得她很有趣。”

姜湛没说话。

夕阳如水，天边依稀有一抹玫瑰色。

姜湛眼角也有一滴泪，却没有掉下来。他从来没想过，有一天，他面对裴子柚的道歉时，会这样释然。他们之间的那个结好像被夏风轻轻一吹就散开了。

也许，这是天上的外婆最愿意看见的事。

7

程意萝在厨房里忙了好一会儿，把妈妈做好的菜打包了几样，然后含糊地向程女士请示：“妈，我可以带骆珞出去过生日吗？我邀请了几个同学，也许，骆珞的心情会好一点儿。”

程妈妈盯着那几个打包好的保温盒，心想：这哪里是请示？分明是指示。

程爸爸在一旁也没闲着，主动切好了水果：“多带点儿，同学在一起过生日更开心。你们要不要把野餐垫带着？再带瓶防蚊水，我听学员说，今天晚上有流星雨，你们正好看一看。要是太晚你就给我打电话，我去接你们。”

程妈妈狠狠地瞪了程爸爸一眼。

程意萝冲老程挑挑眉，关键时刻，老爸总是这么棒。

“妈，你是不是应该把礼物拿出来了？”程意萝看着妈妈，小心翼翼地问。

“对啊，快拿出来吧。”程爸爸也附和一声。

程妈妈再也不想看他们，一转身去衣柜里拿了衣服出来，一股脑地塞到程意萝手里。

程爸爸对程意萝耳语道：“你妈的心都在滴血。”

程意萝嘻嘻笑着，突然抱着妈妈亲了一口，程妈妈整个人都石化了一样。程爸爸哼着小曲去给女孩们准备野餐用具。

程意萝催促着骆珞换上了美丽的公主裙，又特意给骆珞梳了公主发式，只是手艺太粗糙。最后程妈妈实在看不下去，将程意萝扒拉到一边，重新给骆珞编了一条美丽的辫子，然后用红色丝带系了一个大大的蝴蝶结。程意萝也凑到妈妈面前，程妈妈嫌弃地看了一眼，最后从饰品盒里拿了个珍珠发夹夹在她的发间。

骆珞又有点儿想哭：“谢谢阿姨。”

程意萝带着点儿嫉妒与委屈，附和着说：“谢谢阿姨。”说完偷笑出声。

程妈妈看看女儿，破天荒地没有说教。

程意萝心里感慨着，如果骆珞的城堡没有坍塌，那这一刻该多么美好，她亲了妈妈，她和妈妈毫无禁忌地开了玩笑，她向妈妈撒娇，而妈妈没有拒绝，也没有任何责备。

“行了，好好玩吧，早点儿回来。”程妈妈说着话，又别别扭扭地从钱包里抽出几张纸币塞给程意萝。

程爸爸殷勤地提起生日蛋糕和大包小包的东西，主动护送她们出门。骆珞看看老程的背影，眼神黯了黯。

这世上哪有不愿意为孩子护航的父母呢？只是，人生总有意外，总要迎来独自出航的旅程。

Di-shiyi Zhang

第十一章

年少的光阴不可轻

好朋友就是能给你的心输送养料，能在你心里种下一朵花的人。而你也能给对方输送养料，在对方的心里种下一朵花。你们，是彼此的小小花园。

多幸运啊，我们拥抱了彼此的芬芳年华。

记得绿罗裙

1

夜晚七点钟的江滩，已经热闹起来，暑热退去了几分，江上吹来的风带着些许清凉。

程意萝特意挑了一处清静的位置，然后开始忙着铺餐垫、摆餐盒，学霸的生活能力其实不太强，程意萝做起事来笨手笨脚的。骆珞没怎么说话，只望着江面出神，不知道在想什么。后来，她实在忍受不了程意萝的大呼小叫，接过程意萝手里的饭盒，把淋在餐垫上的汤汁处理好，又把餐垫重新整理一番，看上去赏心悦目多了。

偶尔，有路人从旁经过，会有小孩子羡慕地看过来。

骆珞看着自己摆好的餐垫，难得地露出了一抹笑意，她有些自嘲地说："意萝，我仔细想过了，公主变成灰姑娘也没什么。我还有一双手，可以自己去创造。爸妈的天塌了，我就去给他们撑起。"

她声音很轻，但是语气坚定。

程意萝诧异地看了一眼骆珞，这可一点儿也不像她认识的那个娇气十足的骆珞。

"骆珞，事情也许没你想象的那么严重。"程意萝安慰她。

"其实我都知道。我偷听过爸妈的聊天，我知道他们遇到了很大的难处。"骆珞说，"我配合着妈妈的表演，也努力地让自己相信我爸会解决所有问题，我只是在自欺欺人罢了。"

程意萝反倒不知该说什么。

骆珞也沉默了一小会儿，突然很认真地说："我这个人，大概一直比较喜欢自欺欺人吧。我知道，我穿洋装并不像公主；我也知道，你说那些赞美的话只是为了不伤害我，但是，我故意让自己相信，相信自己是一个美丽的女孩子。我知道家里出事了，可是我故意装作一无所知，我每天热情地准备着生日会，就好像只要生日会如常举办，一切坏消息就都不会到来一样。我知道，裴子柚心里的朋友是……”

骆珞顿了顿，剩下的话没有说完。

“我今天最后一次扮公主吧。”她摸了摸漂亮的裙摆，“我一直是一个胆小懦弱的公主，今天，我要和她说再见了。”

程意萝握住她的手。

骆珞突然笑道：“意萝，你不讨厌我了吗？”

女生啊，她们是矫情又敏感的生物。

骆珞一直都知道的啊，知道程意萝对这份友情的忍耐与包容，知道自己在她身边是怎样黯淡无光。可是，她就是很想和意萝做朋友啊！她从小就生活在孤单的星球，意萝是这个星球最初的访客。

没人知道，越骄傲的人，她心里越有可能盛满了自卑。

气氛有些尴尬，程意萝不敢看骆珞。

骆珞嬉笑着说：“其实，你是喜欢我的，对吧？做妹妹的，总是矫情又难缠；做姐姐的，虽然脸上是嫌弃的表情，可心里其实爱极了这个可爱的妹妹。”

令程意萝熟悉的撒娇的语气又回来了。

程意萝撇撇嘴：“谁承认你是妹妹了？你只比我小几个小时而已。”

她嘴上这样说，心里却觉得酸酸的。

“我妈说的啊！我们是双生花，你是姐姐，我是妹妹。哦，对了，我妈今年的礼物又很俗气。”

骆珞在背包里翻了一会儿，掏出两条项链，黑色的一指宽的丝带，料子极好，泛着柔和的光泽，上面镶着小兔子形状的金饰，旁边有细细的链子坠下来，连接着一个金色的圆形品牌标志，像一轮明月。其中一个上面写着骆珞名字的缩写，LL，另一个上面自然是程意萝的缩写，YL。

骆珞妈妈很细心，每年为她们准备的礼物都会刻上同样的字母和年份。

月亮挂在江上，是细细的上弦。不远处有弹唱的人，歌声带着忧伤。

男生们迟迟没现身。

程意萝摸了摸脖子上的小兔子，忍住想哭的冲动，拿着老年机左顾右盼，说道："这些家伙，怎么一个比一个不守时？"

夜色渐浓，天空是程意萝最喜欢的暗蓝色。

突然，有人自江边走来，手里擎着一把燃着的烟花棒。橘黄色明亮的花火在夜风里闪烁，美极了。

花火暗处，露出陈柘像花一样的笑脸。

"女神们，生日快乐。"

说着，陈柘从身后变魔术似的掏出两把花来，一把是粉色的桔梗，一把是粉色的玫瑰。陈柘把桔梗递到骆珞面前，又把玫瑰递到程意萝面前。

骆珞收起情绪，像什么也没发生过一样，只大声地对陈柘抗议道："为什么你送意萝的是玫瑰？"

"什么玫瑰？这是月季！"陈柘大声分辩着。

两个人热热闹闹地吵了起来。

裴子柚和姜湛散漫地从远处走了过来。

裴子柚递过去一个棕色的包装盒，趁着程意萝伸手去接的时候，他把玫瑰花拿了过来，不屑地说道："小孩子家家，送什么花？还不如送点儿文具。程意萝，好好学习，天天向上啊！"

陈柘抗议地看了裴子柚一眼。

裴子柚也笑着看他。

在裴子柚讳莫如深的笑容里，陈柘的眼神闪躲起来。

2

夜越深，江边的人越多，大家都为了流星雨而来。

男生们一一送了礼物，姜湛仍旧没说什么话，连“生日快乐”那四个字都轻得仿佛能被风一下子吹散。

大家一起唱了生日歌，陈柘的声音最洪亮，引得三五个路人也凑过来，一起唱歌为他们增添气氛。大家开心地吹了蜡烛，切了蛋糕，骆珞邀请唱生日歌的路人一起吃蛋糕，对方客气地推让着，却架不住骆珞的热情。程意萝深深地看了骆珞一眼，她有些动容，热情的骆珞，其实对人最是真诚，只是那份真诚往往被误解成虚荣。

裴子柚把陈柘拉到一边，不知道在说些什么。陈柘耷拉着脑袋，像被老师训斥的学生。程意萝摇摇头，这个裴子柚，总是自大狂妄。

姜湛安静地坐着，很认真地吃着盘子里的蛋糕，他吃了一大口，然后停顿了一下，似乎噎住了。程意萝递了果汁过去，他接过来，默默喝了一大口。他手背上的疤痕袒露在月光下。程意萝看看他的手，又看看他，抿嘴笑起来。

真好，那只黑色的手套被他摘掉了，像乌云散去，从此月霁风清。

“谢谢你的礼物，我非常喜欢。”程意萝说。

她趁着大家不注意，偷偷地拆开了姜湛的礼物，是一个带密码锁的日记本。“意萝2号”因此在她心里跳起了舞。这是她最喜欢的礼物，像是他们之间最默契的秘密一样。

姜湛觉得有些别扭，最后还是说：“那天，你为什么会去救我们？不害怕吗？”

“怎么不害怕啊？我的心都跳到嗓子眼了。”程意萝夸张地瞪大眼睛，“但是，我猜测骆珞在里面，所以我得去救我的朋友。”

她的语气忽然温柔下来：“我一直以为，我对人不够真心，其实我并不知道，在我心里，她早就是我最好的朋友。什么是好朋友呢？我以前并不太明白，一起玩？一起上下学？一起做某些事？互相帮助？不，这些概念并不准确，好朋友就是能给你的心输送养料，能在你心里种下一朵花的人。反过来说，你也能给对方输送养料，也能在对方的心里种下一朵花。你们是彼此的花园。”

姜湛没说话。

程意萝看看他，不满地挑剔道：“我说了这么多，你不该给点儿回应吗？”

“哦，原来你是去救骆珞的，不是去救我们的。”他生硬地回答着。

确实啊，程意萝并不知道那座大楼里除了骆珞还有别人。

程意萝愤愤地说道：“但是，你也是在我心里种了花的人啊！”

夜色浓郁，程意萝因此不能看到姜湛的脸色，男生的脸腾地热了起来。

那一天，校长把他们几个喊到办公室，脸色低沉，担惊受怕之余，不免又怒气冲冲。何况，心肝宝贝一样的两个学霸竟然缺考了，简直让他心痛。他一把火撒在程意萝身上，问她为什么已经进考场了还要跑出去。

那一刻的程意萝像个英雄，坦坦荡荡地告诉校长：“我的朋友们出事了，我怎么能袖手旁观？何况，我也是量力而行，没有莽撞而为，我跟着警察叔叔心里很踏实。”

她把他们一一介绍给校长，说到姜湛的时候，她居然说：“他是我同桌，我们可是出生入死的朋友。”

“出生入死”这个词都被她甩出来了，姜湛完全相信她当时一定被吓得昏了头，但是，无论如何，仿佛全世界都听见了她在说，姜湛是我朋友。

姜湛搓了搓脸，想笑又极力忍着，随口说：“我在你心里种了什么花？”

“姜花。”她笑着说。

月光底下，他扭头看着她的脸，她眼里有光影流动，像江面皎洁的月光。

姜沁啊，你听，这是姜花在月夜里吐露的芬芳。

姜湛忍不住轻笑起来。

他并不知道，自己笑起来的模样，落在那女孩眼里，也恰似覆着一层浅白月光，光彩熠熠，好看极了。

程意萝也在笑，他在她的目光里又红了脸。

“你笑什么？”他讷讷地问。

程意萝没回答，对他做了个鬼脸。精灵古怪的，像个小仙子。他忽然就想起多年前的那个黄昏，想起裙摆上闪烁着光芒的她。原来，命运对他，也并不是一味的残酷，在给予他痛苦的时候，也悄悄地为他准备了一颗糖。

姜湛不由得抬起手，轻轻拍了拍程意萝的头。

3

“那个……裴子柚，他们都快把蛋糕吃没了，你不着急啊？”陈柘频频回头。

裴子柚转头看他，看得他心里毛毛的。

“为什么要写那些信？”裴子柚说。

“什么……什么信？”陈柘皱起眉头，又回头望望，“啊，姜湛吃了两块蛋糕。”

“第一封信，你说，程意萝让姜湛打听我的学习情报。第二封信，你约我在考试前去斑布。”

远处有女生尖叫起来，有大朵大朵的烟花在江面上盛开，好像有人在求婚。

陈柘又循声望过去，嘴里说着：“大人们的花样真多。”

他手里沁着凉凉的汗，转头对裴子柚笑笑，笑得挺无奈的：“好像，长大也挺没意思的，我可能长不大了。”

陈柘打岔，没理会裴子柚说什么。

“那天中午，我先进了斑布。然后，你跟在我身后，用棒球棍挡住了斑布的门。只是，你没想到，除了你和我，姜湛和骆珞也会出现在那座楼里。更让你慌乱的是，我们会在那里遇见犯罪事件。我想，你心里的恶意还不至于太大，你没想过要害我，你只是想让我缺考，好输给程意萝，对吗？”

“不是的。”陈柘立刻否认道，“我完全没有恶意啊！我真没想让你缺考，我只是想让你迟到一会儿而已。”

话音刚落，他自己也怔住了。裴子柚轻嗤一声，果然是他。

“对不起。”陈柘低下了头。

远处，烟花熄了。

江面复归平静，仿佛什么都不曾发生过。

“我想把你关在里面一会儿，然后我就把门打开，你不至于缺考，但是情绪应该会受到影响，成绩可能会差一些。”陈柘坦白。

“你想帮程意萝考到我前面？”裴子柚问道。

陈柘点点头。

“为什么？程意萝肯定不会喜欢用这种手段战胜我。”

“因为……如果程意萝考不过你，她就……”陈柘说不出口。

她就要在所有人面前承认姜湛是她朋友。

“那第一封信呢？第一封信又是什么意思？”裴子柚也不催促他。

“我不想让姜湛拿到你的情报。”

裴子柚思忖了一会儿：“所以，你的最终目的，只是不想让姜湛和程意萝建立融洽的朋友关系？如果程意萝输给我，她就必须当众承认姜湛是她的朋友。这是我和程意萝私下的约定，我不知道你因何而知，但是，你确实不想看到这件事发生。如果我猜得没错的话，你对程……”

“裴子柚。”陈柘立刻打断了裴子柚，在他开口说出一个名字之前。

那是他心里的秘密，即便被裴子柚察觉了，他也不希望这个秘密被曝光。

裴子柚看看他，眼里带着鄙视，他嘲讽道：“你不配。”

“我知道啊！”陈柘淡淡地笑了一下，笑得那么谦卑，但又有些释然，仿佛终于能有一个人分担他内心最深处的秘密，尽管他们说得那样隐晦。

“我只是想为她做点儿什么。”他回头，眼里有璀璨的光亮，又瞬间熄灭。

灯光明亮处，程意萝借了路人的一把尤克里里，正在轻轻弹唱。姜湛坐在她旁边，面无表情地望着远方。骆珞紧紧挨着程意萝，格外安静。

她唱：我会记住16岁遇到过的/每一张美丽的笑脸/每一颗真心的微笑/都印在记忆里/生根发芽/长成一棵茂盛的木棉树……

她把《十八岁的最后一天》改成了《十六岁的最后一天》。

这是他们第一次看见穿公主裙的程意萝，尽管她的头发被江风吹得乱蓬蓬的，却还是比往日里套着肥大校服的样子更好看。她的发间有几颗小珍珠应和着月光，闪耀着皎洁的光芒。

“穿公主裙的程小萝居然涂了口红？太浮夸了！”裴子柚露出嫌弃的表情，“绿色的裙子倒是适合她，人如其名，像一棵绿萝。”

裴子柚揶揄着，眼睛里的光却那么温柔。是啊！像植物一样的程小萝，永远能让人感受到生机。

陈柘没敢反驳，偷偷地看一眼程意萝，然后抿着嘴默默笑笑。

她真好看呢!

“陈柘，以后别做傻事了。喜欢一个人，就如同喜欢一棵树、喜欢一朵花、喜欢一个下雨天一样，是坦荡而明亮的事。不要用自以为是的小聪明，侮辱了这份‘喜欢’。还不如努力让自己变成一个明亮的人，让自己有一天可以坦荡地送出这份‘喜欢’呢。”裴子柚拍拍他的肩膀，“走吧，听程小萝唱歌去。”

陈柘敛了敛眼帘，一大颗眼泪掉下来。

裴子柚吓了一大跳，鄙视地说：“你这个人也太脆弱了。”

陈柘伸手抹抹眼角，看着裴子柚：“裴子柚，谢谢你，谢谢你没有把那两封信的事告诉任何人。”

“唉！我也不知道自己是不是在助纣为虐。”裴子柚拂了拂头发，有些苦恼，“希望你悬崖勒马，不要再做这种无聊的事。”

不远处，女孩子的声音清清浅浅的，被江风吹得更加悠扬婉转。

“快过去吧，姜湛居然在吃第三块蛋糕，也许是因为不知道怎么和女生聊天，所以只好不停地吃……”裴子柚紧盯着姜湛。

“裴子柚，我可能没有机会成为明亮的人了。”陈柘的声音很轻。

裴子柚回头看看他，有些不解。

“我这里……”陈柘捂着自己的前胸，“生病了。”

终于说出来了，沉积在心里很久的秘密。陈柘竟然觉得格外轻松。他吃了很久的药，所有人都以为那是维生素，其实是治疗肝脏的。只有老杨知道，为什么整个学期他都没有上过体育课。其实，他这个学期都可以不来上学的，但是，他太向往教室里的那抹星光了，她让他觉得灰暗的人生还会有希望。

“过几天，我要去北京做手术了，终于等到了合适的配型。其实，我心里怕得很。我不知道，我还能不能遇见下一个夏天。”

一曲终了。

三三两两的路人在热情地鼓掌，女孩子的面孔在夜光里熠熠生辉。

不是所有的植物都能安然过完夏天，在秋天来临之前，有一些树早早地就开始落叶。

陈柘轻轻地叹了口气，又深深地望了程意萝一眼。

夜色深沉，掩住了他的脸，他终于可以大胆地望向她了。

记得绿罗裙，处处怜芳草。

即使以后不再见面也没有关系了吧！

4

烟花都已经放完了，人群也等得不耐烦，有人领着哭哭啼啼的小孩子往家走，有人成群结队奔向下一个夜场的阵地。

夜空依然平静，几颗星闪烁，弦月已至中天。

程意萝打了个呵欠：“流星到底会不会出现啊？”

陈柘吃掉了保鲜盒里的最后一块西瓜，心满意足地摸了摸肚子，安抚道："再等等，流星会来的。"

骆珞看他一眼，懒懒地开口："你好像没玩够似的。"

陈柘感慨："对啊，我恨不得这长夜永无尽头，明天永远不会来，韶华不会因此飞逝，我们永远不会分离。来，朋友们，让我们举杯欢庆……"

陈柘对着月亮举起矿泉水瓶，像个诗人，酸溜溜的。

姜湛轻踹了他一脚。

骆珞难得没有揶揄他，她讷讷地应和了一句："如果明天依然不是晴天，那么，我也不盼着它到来。"

程意萝拍拍手："唉，生日会的气氛怎么如此低沉呢？来！我们振作起来，继续吃。"

姜湛闷闷地笑了一声。

"程小萝，再唱首歌吧。"裴子柚躺在姜湛的大腿上，晃动着自己的二郎腿，又随手扔了粒葡萄过去，"唱得好的话，大爷有赏哦。"语气嚣张得很。

程意萝怒气冲冲地伸手去打他，身体一趔趄，下巴磕在了姜湛的肩膀上，立时疼得要哭出来。

"哎呀，流星！"骆珞突然大喊出声，第一个跳起来，指着天上一闪而过的光辉。

人群立时振奋起来。

"啊，我竟然没来得及许愿！"骆珞懊恼不已。

陈柘也已经站直身体，仰望着天，双手做好了许愿的姿势，等待着下一颗流星。

江滩上的多数人好像都维持着同样的姿势，程意萝也不例外。

只有裴子柚没有动，依然懒洋洋地躺着，却又觉得周围这些人的姿势太有趣，所以，自己咯咯地笑了起来。姜湛嫌弃地挪动了一下身体，裴子柚险些跌到地上。在那一刹那，却有一小抹光芒落在他眼里，他眼里稍露疑惑，定定地看了一会儿。然后，他坐起身，凑近程意萝，向着那光芒的来处，仔细地看了一眼。

“YL？这是什么意思？”裴子柚拿起程意萝项链上的小圆牌。

指甲大小的圆牌，不细看根本看不清上面的字。

他离得太近了，呼吸都喷到她的颈间。程意萝被他看得有些难为情，又羞又恼地向后退了一步。

姜湛诧异地看了看裴子柚，只有他看得出，裴子柚在那一瞬间，眼里的情绪冰冷吓人。那样的眼神，他见过一次，在外婆出事的那一天。

“是意萝名字的缩写，我也有呢！”骆珞不动声色地挡在意萝前面，亮了亮自己的项链。

裴子柚的神色已恢复正常，他低头看了一眼，骆珞的圆牌上刻着“LL”。

“真用心，看来是定制的。”他说了一句。

“是啊，每年生日，我妈都会在礼物上刻上我们名字的缩写和年份。”

好像有什么东西在脑海里一闪而逝，姜湛皱着眉努力回忆着，好像……他见过这样的字迹。

“那确实是独一无二的礼物啊！”裴子柚感慨着，似是漫不经心地问道，“小骆珞，你能记住每一年的生日礼物都是什么吗？”

夜色中，男生的声音是那样温柔。骆珞又有些想哭，好想告诉他，自己从此不再是公主了，好想告诉他自己内心的恐惧。

她扯扯嘴角，还是尽量笑起来：“当然记得啊，每一份礼物都是妈妈用心准备的。我总是嘲笑她太庸俗，现在却知道这心意有多珍贵。十岁之前我妈都是送我们芭比娃娃，十岁开始，她会送我们饰品，她说毛毛虫要开始变蝴蝶了。十岁那年，她送的是珍珠手链；十一岁的礼物是蝴蝶发夹；十二岁的礼物是小皇冠项链……”

她如数家珍地说着。人群再次爆发出尖叫，又一颗流星闪过。

骆珞再次错过了许愿的机会。

裴子柚却已经听不见她说了些什么，只有一句话反反复复地在他的耳边回响着——十一岁的礼物是蝴蝶发夹。

5

他们十一岁那年，姜湛的外婆，也就是裴子柚的奶奶，去世了。老人的忌日，刚好是女孩子们的生日。看起来，只是个巧合而已。

十一岁的裴子柚还不太理解死亡的意义。那一天，他和妈妈从围棋班出来，妈妈就接到电话，然后扯着他在楼梯上跑起来，他摔了一跤，膝盖破了皮。

等他们赶到离家不远的一条街道时，救护车已经到了，医护人员却只站在车边。小小的姜湛正跪在老人身边痛哭。在他身后，残阳如血。裴子柚觉得大脑里“轰”的一声，一片空白。他慢慢挪到姜湛身边，腿一软，瘫坐在地上。

很快，殡仪馆的车开了过来，大人们推搡着他们，让他们别挡路。

奶奶被抬上了殡仪馆的车。姜湛仍旧跪在原地，不声不响，像块石头。裴子柚摸了摸奶奶躺过的路面，粗粝的水泥路，没有任何温度。奶奶买菜的篮子倒在路边，西红柿滚落一地，有一颗被踩碎了，红色的汁水把地面洇成湿漉漉的深灰色。一把新鲜的菜心还开着黄色的花，花还没凋零，人生却结束了。

他们说，奶奶是在买菜回家的路上突发心脏病去世的。

老人心脏不好，这是大家都熟知的事儿，所以，这样的事故虽是意外，大家也不算太意外。

妈妈终于想起了他们，她先扶起了姜湛，然后又来扶他。在起身的刹那，他看见那把菜心底下有一条蛇，他吓了一跳。姜湛用脚挑了一下，是条玩具蛇。

“你奶奶是不是被这玩具蛇吓的？”妈妈随口嘟囔了一句。

这条路离码头很近，却很偏僻，只有邻近的居民才会走。路边常有些来不及收走的垃圾，所以有小孩丢弃的玩具蛇也不是什么奇怪的事。没有人会去把它当成一个线索。奶奶偶尔会在码头坐船去对面的农贸市场买菜，她总是说那边的菜又新鲜又便宜。其实他知道，奶奶只是喜欢坐船过江的感觉而已。

路的一侧是别墅区，另一侧是普通的居民区。因为这里是监控的死角，所以奶奶心脏病发作时的具体情况也无从得知。但是，老人的钱财无损，身体也没有其他伤痕，所以很容易就可以排除其他原因。裴子柚动了动，玩具蛇被他狠狠地踢到路边的草丛里。紧挨着草丛的围栏上爬满了藤蔓，在夕阳下开着大朵小朵奶油色的蔷薇花，看上去温柔极了。

裴子柚却是从那一天开始讨厌蔷薇的。

他起身，拾起奶奶的菜篮子，他想把它珍藏起来。可是，菜篮子里却有一个粉色的缎子面的发夹，发夹上镶嵌着闪亮的粉蓝色晶石，一边坠着金色的小圆牌，上面刻了YL两个字母，连同这一天的日期。

“这是奶奶的吗？”裴子柚好奇地问。

姜湛只看了一眼，没说什么。

“又是你奶奶捡来的杂货吧。”裴妈妈叹口气。

人年纪大了总会有奇奇怪怪的爱好，裴子柚奶奶也不例外，阁楼上的杂物间里堆满了她捡来的瓶瓶罐罐。但是，这个发夹显然不像是普通的杂货，它看上去很精美，又没有任何破损。

裴子柚慎重地把它留了下来。曾经有无数个夜晚，他都盯着那个小圆牌发呆，仿佛那是一个密码，如果解开了那个密码，或许他就能知道，奶奶去世前究竟发生了什么。

再后来，他渐渐长大，那个发夹始终都放在他的房间里，那个想要解开密码的心愿却渐渐淡了。世上哪有那么多诡异的事呢？他仍旧会非常想念奶奶，却已经不再耿耿于怀她的不告而别。

他怎么都不曾料到，多年之后，在同样的日子里，那一串密码会以这样的方式重新出现在他面前。

YL。意萝。

周围一片惊叫声，流星雨终于来了。小伙伴们也欢叫着，忙着许下各自的心愿。裴子柚抬起头，深深地望了程意萝一眼。

6

“程意萝，你们的十一岁生日是怎样过的？”他平静地问出口。程意萝循声看向他，脸上的笑容还来不及收回，就僵在了脸上。

十一岁，是她心里一个敏感的数字。

骆珞许完了心愿，见程意萝没有回答，快言快语地说道：“我们每年的生日其实都没什么新意。我妈会选一个漂亮的场地，请一群亲朋好友，还有主持人和乐队的那种，反正就是特别俗气啦！十一岁……嗯，我想想啊，好像是在我爸朋友的别墅里，有大花园和游泳池的那种，专门承接商业派对用的。”

骆珞话说到一半，忽然停顿了一下。

第十一章 年少的光阴不可轻

时间过去太久，她鲜少回忆那些乏善可陈的往事，有些小意外就此被尘封了。而现在，她顺着他给的线索去回忆，突然就想起了那个黄昏。无聊的生日会，满是大人们的夸赞和祝福。她上台表演了一段钢琴曲，程意萝弹了一小段吉他。大人们各自送上了最华丽的赞美之词，然后，就再也没有人看她们一眼。

大人们做事总是有强大的目的性，小孩子的生日派对是大人们联络感情的最好场合，父母在人群中游刃有余地交际着，每一年都会因此谈成新的生意。她和意萝切完蛋糕，就雀跃地跑出去玩，才不会有人理会她们。

游泳池边有一条翠绿色的玩具蛇，做得惟妙惟肖的，不知道是哪个小孩落下的。程意萝胆子小，吓得嗷嗷叫，骆珞就故意拿着那条蛇追着程意萝跑。程意萝率先跑进了花园里，躲在灌木丛后面，骆珞一抬手，把那条玩具蛇向着程意萝的方向抛了过去。膀大腰圆的公主，力气也大得惊人，那条蛇飞过了花园的栏杆。

栏杆外似乎有低低的惊叫声。

她们蹲在栏杆旁边，透过藤蔓的枝丫缝隙向外张望，只模模糊糊地看见有人躺在路上。

大人是不会怕蛇的。骆珞小心翼翼地捂着胸口，生怕程意萝听见自己怦怦作响的心跳。怎么可能有人会被玩具蛇吓晕呢？她嘴里安抚着程意萝，也是在安抚自己。不久之后，急救车就来了。程意萝被她妈妈紧紧地拉在身边，她自己就悄悄地跑出去看热闹，隔着爬了满墙的蔷薇藤蔓，她看见一个小男孩在撕心裂肺地号啕大哭，另一个小男孩把那条玩具蛇踢进了草丛里。旁观者的闲谈声断断续续地传过来，他们说，那位老人心脏病发去世了。

骆珞第一次如此近距离地看见去世的人，她觉得自己的身体都僵硬了，对生死的恐惧陡然从内心升腾。她是真的被吓到了，拔腿就跑，她找到程意萝，想了想，却没有告诉程意萝外面发生了什么。意萝一定也会害怕的，那可是死去的人啊！

程意萝似乎刚哭过，呼吸还没平复下来。

“意萝，你怎么了？”她小声问。

“裙子破了。”程意萝扯扯裙摆。

骆珞看看程意萝，突然惊讶地说：“你跑得太着急了吧？你的发夹也不见了。”

程意萝摸摸头发，她弄丢了刚收到的生日礼物，“哇”地再次哭了出来。

十一岁的生日，过得可真是凌乱。这些微不足道的细节原本已经淡得不见踪影了，骆珞也不知道为什么会突然在流星之下想起这些。甚至，有个念头一点点在心里升腾起来，当年心脏病发去世的老人，也许是被那条突然出现的玩具蛇吓到了。

骆珞的表情严峻起来，她没有继续说下去，只是看着裴子柚耸耸肩：“反正，挺无聊的，每个生日都差不多。”但是，那样的生日会也许再也不会有了。她心里想着，有些说不出的难过。

裴子柚的脸上看不出什么表情，他只是不由自主地又看了一眼程意萝。一只手突然落在他肩上：“该回家了。”姜湛拍拍他。

裴子柚看看姜湛，他不知道姜湛是否还记得那天的事情，是否还记得那个刻着“YL”的蝴蝶发夹。

他为什么会突然问起十一岁那年的事呢？程意萝嘴唇动了动，想说什么，却见爸爸从不远处走过来，喊道：“孩子们，今夜的节目该落幕了。”

程意萝抿抿唇，向裴子柚他们几个笑了一下，说道：“谢谢你们。”骆珞亦轻轻感慨：“十六岁的生日有你们，真好。”

程爸爸一眼就看见了姜湛，立时把姜湛扯到一边开始游说。

陈柘不知道为什么哭了起来，他抹了一把鼻涕，说道："真希望时间永远停在这里，不再向前。"

骆珞撇撇嘴："你一个大男生，怎么这么多愁善感？我也不想长大，但是我们总要长大的。"

程意萝也有些讶异，她看看裴子柚，却见裴子柚躲开了自己的目光。流星过后，星河黯淡。但不管日月怎样流转，万物总在生长，人不能停在时间的长河里。

程意萝拍拍陈柘的肩："加油吧，少年，未来可期。"

陈柘忽然一把抱住了程意萝，哭得更凶猛了。另一边老程转过头来，立刻怒目而视，大声吼道："喂，那小子，你放开我女儿！"

江风拂过，夏夜尽显温柔。

7

这一场流星雨的肉眼可见度并不是太好。只不过，因为每个人心境不同，每个人的感受也不同罢了。

因为是在暑假，过完生日之后，大家又是很久没联系。

不过，高二的开学时间要早一些，夏天还没过完，少年们又唉声叹气地回到了学校。

裴子柚和程意萝没进实验班，这件事在老师之间的争议很大，后来校长力排众议给他们开了"绿灯"，两个人成了实验班的"空降兵"。

这样，程意萝和裴子柚成了同班同学。程意萝立时觉得身上的压力更大了，毕竟做了"空降兵"，就更要用实力来证明自己。只是，升入高二的裴子柚似乎突然变了个样，不再随随便便地和人开玩笑，脸上也少见笑容，倒是更像从前的姜湛了。

姜湛反而比从前柔和了几分，大家都说自从他们表兄弟的关系对外公布之后，兄弟俩的性格明显互换了似的。

姜湛和程意萝的同桌时代结束了。不过，姜湛接受了程爸爸的建议，成了游泳队的一员，高考也准备走体育特长生的方向。程意萝得意极了，总是在人前趾高气扬地喊他“小师弟”，姜湛也不恼，反倒会配合着接过程意萝的书包，低眉顺眼地跟在程意萝身侧，像极了乖巧的“小师弟”。

骆珞家的事情告一段落，公司破产了，她家换了一套小房子。生活发生了天翻地覆的变化，她在学习上反而开始用功了。公主变成了灰姑娘，必须学会怎样在灰尘里开出花来。

陈柘开学之后不见踪影，也没有人在意他没来上学的缘由。后来，程意萝听说他转学了，心里倒是有些遗憾，毕竟大家那么熟识了，他却这样不辞而别。

人生总是时刻都在变化的。程意萝能感知到朋友们的不同，也能察觉到自己的变化。她鲜少会在日记里再见到“意萝2号”了。她每天说的话、做的事，都不再违背心意，她甚至敢违逆妈妈的安排。

“妈妈，不要总生气，你快要更年期了，生气对身体不好。”

“妈妈，我不想考第一名，考第一名并没有什么意义。我只想通过努力，将来能够做自己喜欢的事，过自己喜欢的生活。”

“妈妈，你不要总是把精力放在我身上，我的人生是我的，你的人生是你自己的。养育孩子只是你人生中的一小段旅程而已。”

“反了反了，老程，你难道不觉得你女儿翅膀硬了吗？”程妈妈常常捂着胸口抱怨。

“可能就是更年期遇见了青春期，你们俩都互相体谅一下。”程爸爸谁也不得罪，“不过，意萝啊，你不觉得你最近熬的心灵鸡汤有点儿多吗？一下子喝太多，你妈会不容易消化吸收的。”

程意萝眯着眼睛回忆了一会儿自己最近的言行，若有所思地点点头。确实，她暑期从图书馆借了好几本心灵鸡汤。

2015年9月3日　星期四　晴

不，我开始相信，我并不是真的虚伪。

胆怯的小孩儿会佯装勇敢，一次又一次的伪装慢慢累积成厚厚的茧壳。我曾经因为这个壳既羞愧又迷茫。但是，现在我突然意识到，这样的茧壳也是一种成长的方式。小小的毛毛虫藏在茧壳里打量这个世界、试探这个世界，总有一天，她会蓄积出勇气与力量，学会与这个世界相处，最后，化茧成蝶。

程意萝，永远都不要畏惧明天，加油吧。

开学之后，因为骆珞搬了家，程意萝和骆珞就不再同路了。

高二增设了晚自习，为了坐地铁方便，程爸爸鼓动程妈妈给女儿换了智能手机。每天晚上放学，意萝会骑着共享单车去地铁站，倒也方便快捷。

大多时候，她会和姜湛“偶遇”。姜湛那个家伙依然不太爱讲话，只默默地跟在她旁边，等她到了地铁站，他再绕一段路回家。

他一定是故意的。程意萝心里猜测着。他其实是个面冷心热的人。她也不去问他，只默默地接受这份好意。有时候，她也会唠唠叨叨地讲一讲班里的趣事，讲一讲自己的欢喜与哀愁。他也不嫌弃，甚至眼底还会有笑意。慢慢地，他们形成了默契，不管谁先出校门，都会等在校门外的第二棵大梧桐树下。

当然，每周有两天，姜湛要到程爸爸的游泳馆去训练。

这个周三，恰好是姜湛去训练的日子。程意萝找到一辆单车之后就向着地铁站骑。到了第一个路口，红绿灯坏掉了，交通有些拥堵。她犹豫了一下，拐进旁边的小巷子里。小巷子是到地铁站的捷径，姜湛带她走过。但是巷子里没灯，她一个人的时候通常是不敢走的。因为堵车，也有三三两两的人走了这条路。因此，程意萝也大着胆子拐了过去。有一家已经打烊的杂货店门前拴了条狗，有人经过，那只狗就会叫几声。程意萝怕狗，经过杂货店的时候，特意骑快了几步。有个老人突然在她面前出现，她及时停了车，单脚拄在地上，老人却在她面前倒了下去。

程意萝愣了几秒钟，老人躺在地上没有动。

她不是个书呆子，她听过各种关于“老人摔倒要不要扶”的争议。她咬咬牙，想要从老人身边骑过去。可是记忆裂开了缝隙，有血色的夕阳从缝隙里照进来。她想起十一岁的那天，想起倒在地上的老人，想起妈妈慌张狼狈的神色，想起自己被栏杆划破的公主裙，想起那朵奶油色的蔷薇花，想起——她深埋于心五年的内疚。

程意萝下了车。身后有灯光照过来，是一辆电动车。程意萝挥挥手，那辆车的司机看看她，瞬间开了过去。

程意萝蹲下身去，这是一个拾荒的老人，他手里的袋子散在地上，滚出几个塑料瓶。

“爷爷，您怎么样？您能起来吗？”程意萝轻轻推了推老人。

老人眨了眨眼，却说不出话。

程意萝迅速检查了一下，老人身上并没有外伤。她去摸他的口袋，也没有发现随身携带的药品和联络方式。程意萝毫不犹豫，立刻拨打了急救电话。想了想，她又把电话打给了老程。没多久，急救车来了，她跟着去了医院。

到了医院，老人立刻被送进了抢救室，急性脑出血，医生说多亏送来得及时，没有错过最佳急救期。

程意萝也说不清为什么，在那一刻，她忽然好想哭。

于是，在人来人往的抢救室门口，人们看见一个穿着校服的女生哭得那样难过。没有人知道，这眼泪在她心里蓄积了多少年。如果当年没有匆匆离开那个晕倒在路上的人，如果当年也像这样第一时间去打急救电话，是不是，那个老奶奶就不会死呢?

程爸爸带着姜湛从游泳馆赶了过来，他忙着报警，忙着联络老人的家属。

姜湛拿了纸巾，认真地擦掉程意萝的眼泪。

“乖，不哭了。”他下意识地说着，说完，自己愣了愣神。小小的姜沁，曾经是个爱哭鬼，他总是耐心地帮她擦眼泪，一边擦一边这样说一句。

姜湛又扯了一张纸放到程意萝的手心，带着程意萝在椅子上坐下来。

“姜湛，医生说这个爷爷不会有生命危险了。”程意萝抽泣着，“我小时候，也见过一个老人摔倒，如果我救了她，她可能也不会死了。”

她终于说了出来。日光灯雪亮，照得人眼前白晃晃的。

姜湛微微向后仰起的头抵在墙上，他看了一眼那盏灯，立时又条件反射地闭上眼。

女孩子们生日结束之后，在回家的路上，裴子柚的情绪出奇地低沉。和姜湛分开的时候，他只闷闷地说了一声：“奶奶去世的时候，我在现场捡到的那个发夹是程意萝的。”

之后，裴子柚就如同变了一个人。姜湛没有向程意萝追问真相。这一刻，程意萝却主动说了出来。他看得出，那件事应该深埋在她心里很久。姜湛缓缓地开口：“你小时候又不是仙女，未必能救活她。但是今天，你真的长成仙女了，你救了人。”

他那么古板的人，难得会讲这样温柔的话。程意萝抽泣着看看他，忍不住轻轻笑了笑。

8

老人手术后被送进了重症监护室，暂时没有清醒过来。警方联络到了老人的儿子，但是儿子一家在外地，最快也要在第二天才能赶来。因此，程爸爸热情地担起了照顾老人的担子。

有做自媒体的人闻讯赶来，把程意萝救助老人的视频第一时间发到了网络上。一夜之间，网络点击率高涨，程意萝莫名其妙地变成了网络红人，热搜关键词“最美女孩”。

第二天，程意萝到学校才发现自己莫名其妙地“火”了。

裴子柚在教室门口和程意萝走了个对面，裴子柚淡淡地说了一句：“程小萝，你挺有勇气啊！出乎我的意料。”

程意萝怎么都觉得他的话有些阴阳怪气的。程意萝刚想回应他，他已经走了过去，仿佛再不想多说一句话。

程意萝回到座位上，却见桌子上放着一个盒子，她前后问了一圈，也没人看见是谁把盒子放在她桌上的。她打开盒子，赫然看见里面放了一只粉色的蝴蝶发夹。她的脸色“唰”地一下就白了。

那是她十一岁生日那天丢失的发夹。

整个上午，程意萝神思恍惚。最后连老师都发现了她的心不在焉，因为她上课破天荒地溜号了。

午休的时候，班主任慎重地把程意萝叫到办公室，有昨天见过的民警在办公室等着她。

民警看看程意萝，看着女孩子稚嫩的脸庞，神色有些复杂，却还是说道：“程意萝同学，家属已经赶到医院了，家属指认你撞倒了老人。老人虽然清醒了，但是神志还未恢复。所以，你还得配合我们做一下调查。”

程意萝的大脑一片空白，同样的事总在反反复复发生。

人心永远难以揣测吗？网络这个没有硝烟的战场，是人性最复杂的试金石。一时之间，两种声音对峙着，有人力挺程意萝是见义勇为的最美女孩，有人认为程意萝是抹黑事实的肇事者。

偏偏，那家杂货店的摄像头是坏的。程意萝说不清，就连程妈妈都问了一句：“意萝，真的不是你撞的吗？”

路那么黑，即使不小心撞到人也是很有可能的。可是，就连妈妈都这样质疑她，她心里一片冰凉。

网络上的声音僵持了很久，老人神志没有恢复，双方都没有证据为自己辩论。但是有好事者把程意萝的资料放到网上，连同她的照片。甚至有人特意去她的学校门口围观。做自媒体的人最擅长追踪热度，一个事件的黑白两面反复被人拿来做文章。

虽然程意萝一再地向问询的人声明——不是我。可是，她越来越惶恐的神色又让她的话失去了些许可信度。

没有人知道她在惶恐什么。没有人知道一枚五年前丢失的发夹凭空出现，这是一件多么诡异的事情。

程意萝晚上睡不着，她握着那枚发夹，像握着一枚威力十足的炸弹。会是谁呢？是谁把这枚消失的发夹又送到她面前？这个人必定是当年那件事的知情者。他以这样的方式，提醒她——往事追过来了。

果然，隔两日，网络上出现了一个声音：见义勇为？五年前，这个女生眼睁睁地看着一位心脏病患者在面前发病，没有给予任何援助。五年后，她会那么好心地见义勇为吗？

下晚自习的时候，骆珞第一时间看见了这条被推上热点的评论。她拔腿就往程意萝的教室跑，她不知道该说什么，只是握住程意萝的手。两个女孩子的手都是冰凉冰凉的，掌心沁满了冷汗。

会是谁呢？是谁目击了当年的那件事，却时隔这么久才声张？骆珞想问问程意萝，却见程意萝对自己摇了摇头。

她们走到校门外，程意萝立时被一群人围住，有人大声追问她：“那条评论是不是真的？”

程意萝反倒平静了一些，只轻声说：“是真的。”

她没有反驳。人群的气氛有些激荡，越来越多的人围过来。

“程意萝，五年前发生了什么事，你能详细说说吗？”

“程意萝，这次的老人也是被你撞的吧？”

年轻气盛又不明真相的学子们也跟着起哄，有人把一杯饮料扔了过来，要不是骆珞拉了程意萝一下，那杯饮料就直接洒在程意萝身上了。骆珞气愤极了，举起手机：“你们再欺负程意萝，我就报警。”

不知是谁接着她的话喊了一句：“程意萝，你看见有心脏病的老人摔倒，为什么不报警呢？”

骆珞气得直跺脚：“五年前，我们才十一岁啊！”

学校的保安向他们走过来，开始驱赶好事的人。

一只手伸过来，握住程意萝的手腕。程意萝下意识地闪躲，一抬头，却看见姜湛的脸。姜湛似乎对她微微笑了笑，他只说：“不要怕，我送你回家。”

像哥哥一样。

Di-shier Zhang

第十二章

还是把黑夜归还给星河吧

永远不要去试探人心，多一份怀疑，就少一份快乐。

这样的男孩女孩，简单、无畏！

1

夜色真是黑啊！

裴子柚晃晃悠悠地向家走，风里有甜甜的香气，桂花开了吧。他不喜欢香气浓郁的花，所以他一直鄙视姜湛的那个爱好，他怎么会那么爱姜花？就连洗浴用品都要费尽心力地挑选有姜花味道的产品。

一个人影突然挡在他眼前。

裴子柚看着姜湛，一点儿都不意外似的。他什么也没说，向旁边挪了一步，继续往前走。

姜湛伸出一只手拦在裴子柚面前，问道：“为什么要那么做？”

裴子柚轻轻笑了一下，笑意里带着几分玩世不恭。他显然知道姜湛在问什么。

程意萝桌子上的蝴蝶发夹是他放的，网络上那条评论是他发的，甚至学校门口那些“围攻”程意萝的人也是他发动的。

裴子柚忽然敛住笑意，眼里满是寒光，他冷冷地说道：“我只是想知道，奶奶的去世是不是和她有关系。如果她真的目睹了奶奶的事故，她此刻会觉得慌乱惶恐。如果事情与她无关，她的情绪不会受到任何影响。阿湛，我只是在试探人心而已。”

“阿湛，你不是对奶奶去世最耿耿于怀吗？你现在看到了，事情的确与她有关。我甚至有足够的理由怀疑，奶奶的心脏病发与她有关。我后悔没有把那条玩具蛇保留下来，我真想看看，当她见到那条玩具蛇会是怎样的反应。”

“急救医生说，奶奶被发现得太晚了，她口袋里放着急救的药，如果第一时间能够得到救助，也许就不会死了。不管是什么原因，程意萝没有救我们最亲爱的人。阿湛，你不恨吗？”

姜湛垂下手，很久没说话。

不知谁家的窗口里传来婴儿的哭声。

良久，姜湛回应道：“她已经深陷在一个事件里了，你不去帮忙也就罢了，反而搬起最重的石头扔了过去。裴子柚，我只知道，你现在的做法很卑鄙。”

2

巷子口出现了一个穿校服的少年，每天晚上放学之后，他就站在那里，手里举着一个牌子，上面写着：寻找目击证人。后面附了一行小字，是他特意为此申请的微博——请你做一个勇敢的人。

在熙熙攘攘的车流与人潮中，姜湛的身影显得那样单薄。也有路人会停下来，看一眼他，又看一眼他手里的牌子，然后漠然地走过去。

不善言辞的姜湛，每天反复用热忱的声音呼唤着身边经过的路人。他号召目击者能够勇敢地现身，提供事件的线索。因为程意萝说过，那天她蹲在老人身边的时候，有两三个人从旁经过。

他的微博渐渐有人去留言，大多数人都冷嘲热讽地说一些负能量爆棚的话。当然，也会有人表示支持，转发他的微博，号召目击者能够说出真相。

这一天，姜湛独自举起牌子的时候，骆珞站在了他旁边。

骆珞很真诚地坦白：“姜湛，我曾经非常不喜欢你，我觉得你冷漠又古怪。但是我没想到，在所有我们共同经历的事件里，最勇敢的那个人是你，谢谢你为意萝做的事。”

姜湛没说什么，他只是太了解被人误会的滋味。

在童年的那场事故里，他被所有人误认为是那场火灾的始作俑者。他辩解过，没人相信。他讨厌世人武断而又盲目自信的眼光。

后来，他也遭遇过种种误解，人们太过于习惯凭个人经验去看待一件事。

骆珞刷了刷手机微博，叹口气。

她似是有些失望与遗憾，小声说道："最近我都没有见到裴子柚。也不知道是为什么，我总觉得开学之后，他与我们疏远了许多。如果，这时候他也能站在这里，和我们一起保护意萝该多好啊！"

"还有陈柘，这家伙竟然无声无息地就转学了……"骆珞又叹了口气，"我突然很怀念夏天的那场流星雨，好像，一个夏天之后，物是人非了一样。"

姜湛看看她。

曾经不谙世事的小公主，在夏天之后，突然长大了一样。

骆珞也看看姜湛，抿抿唇，说道："其实，我躲在意萝身后做了很久的'隐形人'，我也该站出来，做一个勇敢的人了。"

她忽然笑了笑，笑容很淡，眼里光芒却有些耀眼。

3

那天深夜，姜湛在自己的微博里刷到了一条新的留言：

十一岁，在我生日会的那天，我穿着我最喜欢的公主裙，搞了一个恶作剧。我向我的朋友扔出去一条玩具蛇。但是那条蛇落在了围栏外面，与此同时，我听见围栏外面有人低呼。我透过围栏的缝隙，看见有个奶奶倒在路上，那条玩具蛇被压在了奶奶的菜篮下面。也许，是那条蛇吓晕了她。我心里这样想着，却没敢说出来。

那个老奶奶已经去世了，没有人能说清事情的真相。但是，我当时没有声张，没有喊大人来救她，这是不能推脱的事实。

是的，我是程意萝的好朋友骆珞，这是十一岁那年，我和意萝一起经历的事故。

我一直想做一个完美的人，像童话里的公主一样善良天真又勇敢。但是事实上，我只是个胆小鬼。

请不要再攻击我的朋友意萝，如果这件事需要有人负责任，我想，最该被谴责的人是我。

请你们原谅我们的十一岁。

姜湛看着手机，最终什么也没回复，他把这条留言截屏发到了微博里。

大约过了半小时，又有人在他的微博里留言：

我是程意萝的妈妈，意萝十一岁生日那天，确实有一位老人在路边摔倒了。意萝蹲在她身边，想要帮助她。我闻讯赶到，匆匆地将意萝带走了。

人心叵测，我害怕无妄之灾，也一直教导孩子，事不关己高高挂起。而人性真是复杂，人们一直在自相矛盾，一边谴责他人的不作为，一边又努力地回避自己该负的责任。慢慢地，我们就生活在一个冷漠又谨小慎微的环境里了。

但是，如你们所见，在同样的事故面前，十一岁的程意萝也许没有应对之力，十六岁生日刚刚过去的她，却已经有了自己独立的世界观。在又一次的事故面前，她勇敢地伸出了自己的手。

我为此埋怨过她的勇敢。可是，我不敢直视她的眼神，因为我自愧不如。

当年的事故，你们可以将谴责指向我，请不要伤害一个孩子的善良与勇气。

姜湛将这一条留言也截屏发了出来。

他的微博一时又热闹起来，有人说他们是在为程意萝"洗白"，有人说现在的人心里戾气太重，早就忘了"相信"是一个多么美好的词。

姜湛一直在刷着微博的评论，他仍旧希望有人能站出来，说出这次事件的真相。

卧室的门被人轻轻敲了几下。

“阿湛，你还没睡吗？”妈妈在门外说。

姜湛看了看自己手背的疤痕，从椅子上站起来，打开门。他忽然说道：“妈，那年的火灾，不是我引起的，你相信吗？”

妈妈愣了愣。

时间过去那么久，那些过往黑暗又伤痛的记忆，从来没有人主动去触碰过。

“妈妈一直相信你。”她开口说道。

姜妈妈抬起头，她竟然许久都没有直视过儿子的眼睛了。

姜湛吸吸鼻子。

姜妈妈拍拍他的肩：“其实，每个人心里都有恐惧，有症结，有难以面对的事。妈妈不是故意要疏忽你的成长，而是我不敢面对现实，我每每看见你，就想起你妹妹，就会懊恼自己当年的决定。我甚至总是在想，沁沁出事的时候，她的小伙伴们在做什么呢？为什么那么多人一起玩，偏偏只有沁沁出了事？她们那么多人，难道不应该对沁沁负责吗？”

姜妈妈脸色深沉。

“辜负一个人是很容易的事，原谅一个人却很难。其实啊，人们总是不经意间就对他人太苛责，对自己又太懦弱。然而，懂得这个道理是一回事，真正付诸行动又是另一回事。我很欣慰，你比妈妈先做到了。”

“妈……”姜湛喃喃道，“你也放下心结吧。”

他见过她藏在床头的药，谁能相信，一个业界著名的心理咨询师，她的床头竟常年放置着抗抑郁的药物。

姜妈妈犹豫着点点头：“我也希望能放下，但愿吧……”她想了想，转身去房间里拿了一个盒子出来，递到姜湛的手上。

“对不起，这是姜沁的信，我迟迟没有给你。”说完，她回到房间关上了门，也没再催促姜湛早点儿休息。

小小的盒子里，放着十几封笔迹稚嫩的信笺。

姜湛指尖微颤，不敢去触碰。

手机在桌上轻轻振动了一下，是程意萝发来的微信。在事件不断发酵的这几天里，程意萝是那样沉默，沉默得让她的朋友们感到不安。

姜湛，我忽然不怕了，我会永远做一个勇敢的人。谢谢你。

她应该是看见了姜湛发到微博上的截图吧。姜湛看着那一行字，看了好一会儿。

他轻轻说道：“姜沁，我也不会再害怕了。抱歉，隔了这么久，哥哥才打开你的信。”

第二天夜里，当姜湛再次举着牌子出现在地铁口的时候，有戴着头盔的男人走过来。他说，他可以向警察做证，那天晚上，他骑着电动车经过了他们。一个女孩子向他寻求帮助，可是他害怕惹麻烦，没有停下来。但是，他看见老人摔倒的时候，女孩子与老人隔了一段距离。

又隔一天，老人恢复了神志，他断断续续说出的第一句话就是：“我是自己摔倒的。”

一段沸沸扬扬的事件终于平息了。

4

十月的江城是极美的。

高二第一次月考之后，百名榜上更换了新的照片。骆珞数了好几次，都没有看见裴子柚的名字。她有些意外。

程意萝倒是望着自己排在第三十六名的照片发了好一会儿呆。

“已经很不错了，你上个月过得那样惨，还能考出这个成绩，真的很不错了，别难过啊！”骆珞安慰她。

“谁说我难过了？”程意萝诧异地看她一眼，“我就是觉得，我怎么这么了不起呢？我每天晚上忙着失眠，都没有复习过功课，我竟然还能考得这么好，我可能是个天才吧！”

周围一片“嘘”声。

程意萝旁若无人地点点头：“潜力无穷。”

骆珞怔了好一会儿，追上已经转身离开的程意萝：“意萝意萝，你知道吗？你这个学期和以前有点儿不一样。”

她就是想说，程意萝比以前骄傲，比以前奔放不羁……

程意萝回头瞥她一眼：“骆珞，你不觉得你这学期也和以前有点儿不一样吗？你好像又胖了，你得减肥了。”

骆珞的脸色沉下来。

她心里说着，程意萝比以前诚实了。可是，诚实的话有时候听起来真的很不舒服呢！

远远地，骆珞看见裴子柚从对面走过来。她刚想提醒程意萝，却见裴子柚突然转身换了个方向。

“意萝，你觉不觉得，裴子柚最近总在躲着我们？”

程意萝早就注意到裴子柚的变化了，但嘴里只说：“他可能是羞愧吧，考出了百名榜，成了我的手下败将，没脸见我。”

骆珞扶额：“意萝，实验班的学习压力特别大吧？你要注意调节。”

姜湛在她们身后慢慢地走着，将二人的对话悉数听到耳朵里，一时也哭笑不得。他走过去，轻轻地弹了一下程意萝的头，女孩子一惊一乍地跳着脚叫起来。然后，姜湛坦然地望着她们，说道：“有件事，我应该告诉你们。我的外婆，也就是裴子柚的奶奶，是在五年前你们生日那天去世的，心脏病发作，晕倒在路旁。”

程意萝和骆珞惊讶地望着他。

骆珞结结巴巴地说：“所以，就是我们看到的……”

姜湛打断她：“是的。”

“对不起，姜湛。”程意萝说道，她忽然又皱起眉头，“所以，是裴子柚……”

是裴子柚把蝴蝶发夹放在了她桌上；是裴子柚在网络里揭露了当年的事故；是裴子柚在向她声声拷问……

骆珞脸色一片惨白。

姜湛看起来倒像是很轻松，他笑着看看她们：“所以，给他一点儿时间。”

他言语说得那样轻松，仿佛谈起这段过去，就像挥手作别一阵轻风般随意。

5

姜湛的微博已经沉寂多时，在十月快过完的某个深夜，忽然有一条新的留言跳了出来。

八岁那一年，我和哥哥、妹妹一起玩的时候，我不小心点燃了柴房，烧到了哥哥的手。我很害怕，我告诉大人们，是哥哥点的火。

后来无数次，我想要向他道歉，想要说出事情的真相，可是，我都没有勇气。哥哥一直是个好孩子，在那件事之后，他终于成了大人们眼里的调皮鬼。我害怕，如果我说出真相，那么，大人眼里的调皮鬼就是我了。

我眼看着哥哥因此性格变得阴郁，眼看着他不开心地过了那么多年。

而我缩在一个完美的外壳下，沉默至今。

十一岁那年，我的奶奶在路上晕倒，心脏病发去世。我在她的菜篮下捡到一条玩具蛇，在她菜篮里捡到一枚发夹。小小的我，第一次面对突如其来的死亡。我对奶奶不辞而别的离世耿耿于怀，我固执地认为那不是一场意外。

五年之后，当我发现那枚发夹属于我的朋友程意萝，我说不清自己的情绪。我猜测这件事和她有关，我想试探一下人心。所以，我找到一位拾荒老人，我让他假装晕倒在程意萝的面前。我想看看程意萝的反应，看看她能不能因此想起自己当年的落荒而逃，看看她心里是否存有愧疚。

可是，我没想到老人真的受伤了，甚至与死神擦肩而过。我也没想到事件会愈演愈烈，程意萝会真的面对老人家属的责难。

我再次害怕了，不敢说出真相。

好在，终于有目击者站出来，为她证明了清白。好在，那位老人清醒了，没有因此失去生命。老人却那么善良地没有说出我的名字。

老人出院之后找到了我，他只和我说了一句话："永远不要去试探人心，多一份怀疑，就少一份快乐。"

是的，我已经后悔了。对人心的试探，就是对自己的挑战，它令我的心里遍布罅隙，青苔丛生，阳光不至。

我逃避多时，还是没有足够的勇气去面对我的亲人和朋友。

我想在这里对他们说一句：对不起，我不配做你们的朋友。

尾声

1

十月的月考临近了，难得有半天休息时间，程意萝却提议大家去爬黄鹤楼。程妈妈唠叨了她好几句，她也不恼，兴冲冲地往背包里塞了好多零食。

跟骆珞和姜湛会合之后，三人直接去了裴子柚家楼下。裴子柚背着书包正要去自习室，看见他们，脸色一滞，显然有些不自然。他想转身，又觉得太过尴尬。

骆珞大方地开口："裴子柚，我和程意萝是来向你道歉的，关于你奶奶的事。"

程意萝在一旁望着他。

裴子柚的脸色一阵青一阵白的。

姜湛的语气懒洋洋的，又颇有些做哥哥的架势："小柚啊，不要做个书呆子。天气这么好，大家一起去秋游吧。"他走过去，极其自然地把胳膊搭在裴子柚的肩上。

"这么一看，裴子柚的个子比姜湛矮了一点点，但是说起来，还是裴子柚长得更好看一点儿。"骆珞嘀咕着。

"你能别那么肤浅吗？长得好看能当饭吃吗？做人重要的是有内涵。"程意萝反驳她。

“内涵？那当然也是裴子柚更胜一筹啊，虽然他这次跌出了一百名，但是我相信他下次考试肯定能重回王者宝座。”

“还王者宝座，你当月考是在玩‘王者荣耀’啊？”

裴子柚本来有些不自在，低头跟着姜湛走了两步，听到身后那两个女生嘀嘀咕咕的声音终是微微翘起了唇角。

有朋友，真好。

骆珞还在嘀咕：“陈柘要是也在就好了，那个活宝最会带动气氛了。大家同学一场，他竟然一声不吭就转学了，以后要是再见面，我一定要好好教训他一顿。”

天上一抹流云缓缓飘过。

裴子柚停住脚，他回头看看骆珞，欲言又止。

他接到过陈柘的电话，在他内心最煎熬的时候。

陈柘的声音那么轻，他说：“我看了姜湛的微博，大致知道了你们的故事。裴子柚啊，人生何必耿耿于怀呢？有些人与事，转眼就会变成遗憾。我下午要进手术室了，等我手术成功，我再给你打电话。”

陈柘那个话痨，后来，再也没有和他说过话。

2

秋日的天空像被濯洗过一样，湛蓝清澈。

“今天的天空像海一样蓝。”骆珞说。

“大海近看其实是绿色的，文学作品里对大海的描写其实一点儿都不严谨。”程意萝反驳。

“我以前去马尔代夫看到的海就是蓝色的，高级的海就是蓝色的。”骆珞不服气。

“谁和你说，海还有高级和低级之分？”

“程意萝，你现在怎么那么爱反驳我呢？我说一你总要说二，你从前不是这样的。”骆珞嘟囔。

“我一直都是这样的。”程意萝趾高气扬地说。”

姜湛终于忍不住，回头冷冷地望着她们。裴子柚也苦恼地皱着眉头。

“你们是塑料姐妹花吗？这么爱吵！”姜湛吐槽。

“你懂什么？这就是女生的相处方式。”程意萝瞥他一眼。

“就是，你什么都不懂，你这个孤独的人。”骆珞紧跟着补充了一句。

姜湛看看她们，哑口无言。

女生们嘻嘻哈哈地从他们身边跑了过去。

程意萝又想起什么，回头将一个信封放在姜湛的手里：“姜湛，这是给你的，是你想念的黄鹤楼。”

然后，她小跑着去追骆珞。

3

姜湛初时并不在意，他一边走一边打开信封，脚步却慢下来。信封里只有一张照片。姜湛停在原地，久久看着手里的照片。

照片上是一座古旧的小楼，红色的砖墙。蓝色的瓦顶，一楼有一间小小的门面，蓝色的灯牌上写着“樱樱食杂店”几个字。一个初中生模样的女生捧着一本书，倚着食杂店的门。二楼的窗口，另一个女生探着小半个身子向楼上仰望，那姿势颇让人有些担心。而四楼窗口正有个圆脸的女孩子笑着向她挥手，两个人似在交谈。

看起来，那是一个晴朗的秋日，阳光将她们的笑容映得雪亮。

虽然是初次看见，姜湛却能清楚地喊出她们的名字。

“黎妤、钟慧慧、许佳樱。”他淡淡地说出口。

在姜沁的信里，她曾那样温柔地念起这三个名字，一遍又一遍。

这是姜沁曾经拥有的温暖和光亮。

最后，姜湛的视线落在二楼贴着“出租”字样的窗口，那里，窗扉紧闭，却仍仿佛有个笑得甜甜的女孩在静静凝望着他。

“姜沁，没想到，我们会以这样的方式重逢。”

他喃喃着。

“姜湛，快走啦！”

同伴们在不远处回头呼唤着他。他看见他们身后的云杉树林里，已露出了黄鹤楼的黄砖碧瓦。

他挥挥手，跑了过去。

4

姜　沁：

与其等着别人送来温暖和光亮，不如让自己先成为一个温暖的人，为别人送去光芒。

付出，即是所得。

亲爱的妹妹，不要再担心我。

记得我爱你。

——来自“姜湛日记”

——全文完——